UNE FEMME EN MARCHE

CATHERINE REY

UNE FEMME EN MARCHE

roman

PHÉBUS

L'AUTEUR A BÉNÉFICIÉ, POUR LA RÉDACTION DE CET OUVRAGE,
DU SOUTIEN DU CENTRE NATIONAL DU LIVRE

THIS PROJECT HAS BEEN ASSISTED BY
THE AUSTRALIAN GOVERNMENT
THROUGH THE AUSTRALIA COUNCIL,
ITS ARTS FUNDING
AND ADVISORY BODY

Australian Government | Australia Council for the Arts

Illustration de couverture :
Libre interprétation d'après la peinture de
Jean-Jacques Henner :
Solitude (détail)
Photo RMN © Thierry Le Mage

www.phebus-editions.com

Pour Thomas Lynch,
Pour Philippe Faure

Je suis malade et n'ai plus longtemps à vivre.
J'emporte de nombreux secrets avec moi, Janey.
Ce que je suis et ce que j'aurais pu être.

CALAMITY JANE,
Lettres à sa fille.

PREMIÈRE PARTIE

1

J'ai dix-huit ans. Je marche au beau milieu de la rue. Les voitures s'arrêteront bien. Je n'ai peur de rien. Rien ne me fait peur. Quand on est jeune, on n'a pas peur, c'est tout. Parce qu'on ne sait pas que la peur existe. Personne ne vous l'a apprise. La peur, c'est le cancer des vieux. Ça vous vient avec les cheveux blancs et les dents pourries. À un moment donné, tout fait baliser. Un rendez-vous chez le toubib pour un bobo pas clair. De mater chaque matin sa bobine ou ce qu'il en reste. Et même d'avoir à se traîner d'un jour dans l'autre. J'en suis pas encore là. Et j'ai tout mon temps.

Je porte un grand sac de voyage, un sac marron en plastique, pas trop vilain pour du plastique. Je l'ai bourré à craquer. Il pèse un âne mort. J'ai une cape de drap marine sur les épaules, un tee-shirt rayé bleu et blanc à manches longues, des sabots de cuir aux pieds. J'ai peut-être un bandana autour du cou. J'aimais tellement les bandanas, mais je ne sais plus si j'en ai un ou non ce jour-là. Pour le reste, je n'ai aucun doute. L'image glorieuse de ce mercredi est restée intacte dans ma mémoire. Une cape, les cheveux au vent et adieu la compagnie. C'est comme ça que j'étais à dix-huit ans. Comme ça que je parlais. Je me sens très proche de cette jeune femme. Au physique, je ne lui ressemble plus. La scène s'est passée il y a trente-deux ans.

Là, je me rends chez la copine à qui j'ai piqué les sabots. Les talons compensés sont un peu hauts pour moi. J'ai déjà failli tomber deux fois. Mais bon, tant pis. Les talons hauts, ça fait de jolies fesses et comme mon jean est moulant… Franck, un type de ma classe, m'a dit l'autre jour que j'étais bandante. S'il savait comme je m'en fous. J'ai des trucs plus importants en tête. Je gamberge, je gamberge nuit et jour depuis que j'ai rencontré Marco, et voilà le résultat. J'ai plaqué mes études et quitté le studio que madame ma mère me loue à Bordeaux. L'amour donne des ailes, dit-on. Je confirme.

Dès que l'épicerie du coin a ouvert lundi matin, je suis allée chercher de gros cartons bien solides. J'ai emballé mon barda. Des livres, des disques, des fringues. Une fois les cartons scotchés, j'ai appelé un taxi d'une cabine. Il y en a deux sur la place de l'église. C'est de là que j'appelle toujours Marco. Quand il a vu l'ampleur du désastre, le type a fait la grimace.

– Où qu'vous z'allez comme ça ?

– À la gare. Aux consignes.

– J'suis pas déménageur, vous savez.

J'y suis allée de mon plus beau sourire. La meilleure solution avec des zozos pareils. Le gars qu'aurait pu être deux fois mon père, s'est mis à frétiller.

– Qu'est-ce qu'on n'ferait pas pour une jolie fille…

Et du coup il a enfourné mon bazar, tout content de jouer les cadors devant une minette. Élémentaire, mon cher Watson. Les mecs, c'est la queue qui les perd. Hier mardi j'ai fait mon sac et j'ai attendu. Dans le studio vide il ne reste plus que le sommier, le matelas et ma guitare que je viendrai chercher plus tard. Dans le jardinet, l'automne a roussi le noisetier. Les branches font parasol au-dessus du petit banc de pierre. C'est joli tout plein. J'aurais pu étudier au calme ici. J'aurais même pu être heureuse. Trop tard. Aujourd'hui mercredi où tout est en ordre dans ma tête, dans ma vie, dans mon cœur, moi fin prête, je pars. Mais prudence !… Mieux vaut faire la morte et rester encore quelques jours à Bordeaux. Histoire de brouiller les pistes. Surtout pas débarquer à l'improviste chez mes grands-parents. Quand mes parents pigeront que j'ai mis les voiles, c'est là qu'ils vont d'abord aller perquisitionner. Parce que c'est chez mes très vieux que je vivais avant Bordeaux. Ma mère m'a larguée chez eux quand j'avais trois semaines. Ils m'ont élevée ensuite. Et puis j'ai dit que j'avais dix-huit ans. Disons que j'ai un peu menti. Dans deux mois seulement. Si je me fais pincer, chauds les marrons. Je suis encore mineure. Heureusement que le bahut n'a pas pris les devants en signalant mes absences, sinon retour à la case départ. Je sèche à un rythme soutenu depuis la rentrée. Le dirlo m'a déjà fait convoquer pour me passer un savon en tête-à-tête. On nous flique dans cette turne pire qu'une caserne. Bio math sup ! Quelle idée aussi !... Autant pour moi. Je n'ai rien à voir avec ces zigs. On ne vient pas de la même planète. Ils ont la tronche farcie de théorèmes. On sent qu'ils ont des plans de carrière en béton. On voit bien qu'ils ne laisseront aucune chance à l'échec. En guise de cérémonie de bienvenue, il y avait défilé de bizuts la semaine dernière. Un summum de raffinement. J'ai échappé à la honte en restant au lit. Mon flair est redoutable. Je me demande bien ce que les carrés ont fait faire aux bleus. Se désaper, marcher à quatre pattes rue Sainte-Catherine ou bouffer de la pâtée pour chien, allez savoir. La connerie, ils en ont des caisses à revendre.

– Eh non ! On ne sort pas !

Les deuxième année ont déboulé. Le cours vient juste de finir. Le prof plie bagage et lâche en s'éclipsant :

– Allez ! Ce sera votre tour l'année prochaine... Vous verrez, vous adorerez !

Je veux m'éclipser aussi. Trop tard. La porte est bloquée.

– Hep toi, la fille !

– J'ai autre chose à faire.

– T'as pas compris, aboie un cube. Tu ne sors pas d'ici. Tu nous écoutes et tu fais ce qu'on te dit de faire.

Je me rassois. Pauvre débile. On restera bouclés là. Une heure plus tard, on est toujours bouclés dans la même salle. Le ton s'est durci. La nuit est tombée. On n'en mène pas large. Ils relâchent d'abord les filles. Une poignée seulement dans notre section. Ils gardent les mecs, surtout les fortes têtes. Le folklore a la peau dure.

Toute cette bêtise me donne envie de mordre.

Ça commence de bonne heure. Les merdeux se préparent pour la suite, pour la vie, pour la carrière. Pour quand ils auront des gonzes à leur botte et qu'ils leur en feront baver. Bobonne fera aussi l'affaire si j'en crois la manière dont les filles se font descendre ici. Tous les midis une élève de HEC se fait huer. Il y a bien dix jours que ça dure. Dès qu'elle met les pieds au réfectoire, les garçons scandent en chœur : « H-E-C sa-lope ! » La salle est immense. On doit être deux cents là-dedans. Toutes les prépas, sans compter les secondes, les premières et les terminales. Les cris résonnent jusque dans nos verres. La fille avance sans rien mater autour. Elle se fait accompagner par deux copines au cas où. Il paraîtrait qu'elle a largué le khâgneux avec qui elle sortait. Pas de quoi en faire un fromage. Il n'empêche. Elle n'est pas particulièrement jolie, mais elle en jette. Elle marche tête haute. Elle a du cran.

Les profs, eux, nous ont collé du travail par-dessus la tête comme s'il fallait nous exterminer jusqu'au dernier. Entre le bizutage et les devoirs qui s'accumulent, il y a de quoi se flinguer. Des maths. Encore des maths. Je n'y comprends rien. Mademoiselle Rouzinet, notre professeur principal, fait une démonstration au tableau. Elle s'arrête. Elle a senti qu'on roupillait. Elle nous fusille des yeux après avoir posé une question. La classe s'est figée. Le silence s'installe. La mère Rouzinet soupire, s'assoit et sort son tricot d'un panier. Tranquille comme Baptiste, elle se met à l'ouvrage, une maille à l'endroit, une maille à l'envers. Elle a déjà dû faire le coup mille fois. En trente ans de carrière elle n'a sûrement jamais fini une seule écharpe, mais ça marche au poil. On se sent minables. On s'enfouit corps et âme dans nos classeurs. Santelli qu'a réponse à tout se décide à lever le doigt pour mettre fin au supplice.

– Merci, dit la vieille en posant son tricot.

Le cours peut reprendre.

Le pire, c'est la biochimie. J'ai l'impression que la nana, une jeune grassouillette, nous parle chinois. Je mate un feu grandiose qui crépite derrière les vitres. Le bahut est en travaux. Ils ajoutent un nouveau bâtiment. Si seulement la turne pouvait cramer et qu'on en finisse avec ce carême :

– Écouter le cours vous serait plus profitable, jeune fille.

Je lève le museau. Tiens, le prof de physique. Je l'avais déjà oublié. Il me sourit bizarrement. Lui aussi doit penser que je suis bandante. Pédophile !

Continuer comme ça, c'est la mort. De toute façon, j'ai autre chose en tête. J'ai tourné et retourné la question : par les pieds ou par la tête, je mets les bouts. La plaisanterie a assez duré. Plutôt que de s'agiter, il vaut mieux lâcher prise, se tirer, se trisser, se carapater, se faire la malle : un art de fuguer en douce ou comment sauver sa peau quand l'ennemi veut la vôtre. Vient toujours un moment où le courage réside plus dans la vitesse de la fuite que dans l'acharnement à résister. C'est mon théorème et c'est pas en bio math sup qu'on me l'a enseigné. Quand madame ma mère arrivera pour sa prochaine mission de surveillance, elle pourra repartir comme elle était venue. Je dis madame ma mère. Faut pas s'offusquer. Elle m'appelle bien mademoiselle ma fille. Et sur quel ton elle dit ça. Œil pour œil. Fallait pas commencer. Madame ma mère s'incruste à Bordeaux du vendredi au dimanche soir. Je ne l'ai jamais autant fréquentée. Un mois qu'elle m'empêche de sortir pour voir Marco. On a l'habitude de se voir le week-end, lui et moi. Le reste du temps, il travaille à Rochefort sur le chantier de l'arsenal. Mais Marco ne plaît pas à madame. Elle rêve pour moi d'un beau parti, un gars prestigieux déguisé en chirurgien, en avocat ou en prof de fac. Elle s'imagine le grand tralala en blanc. C'est vers le haut qu'elle vise pour sa fille chérie, et Marco, c'est plutôt vers le bas qu'il est. Peintre en bâtiment, c'est moins chic que Prix Nobel. Bref. Elle se la joue bourgeoise de la bonne bourgeoisie. Du genre sorti de la cuisse de Jupiter. Elle oublie seulement que son père était plâtrier, assez fute-fute pour vivre de ses rentes après son accident, mais plâtrier quand même. Les parents de mon père, c'étaient des miséreux qu'étaient partis pour l'Australie plutôt que de crever la faim dans leur Lot-et-Garonne. Alors, pour la bonne tradition bourgeoise, on repassera. Si elle croit qu'elle fait illusion, elle n'illusionne qu'elle. Bref. Qu'elle me flique jusqu'à la saint-glinglin. Je laisse dire et je laisse faire. Ça ne mange pas de pain. Le studio a la taille d'un dé à coudre. Je fais mine de gratter du papier. Elle est allongée sur le lit, le dos dans les oreillers. Elle tourne les pages de son journal. Elle a sa tête des mauvais jours. L'ambiance est électrique. Pas envie de me retourner. Sa vue me hérisse le poil. Si j'avais assez d'estomac, j'irais me planter face à elle et je lui dirais, parce que j'en crève d'envie, ou parce que j'en crève tout court :

– Tu m'avais à peine pondue que tu m'as larguée. J'avais trois semaines. Je te le rappelle au cas où l'anecdote t'aurait échappé. C'est pas beaucoup trois semaines. On n'a pas vraiment eu le temps de faire connaissance. Et ensuite, adieu Berthe ! Tu t'es foutue de moi pendant dix-huit ans. Tu aurais pu faire des efforts, essayer d'avoir une conversation digne de ce nom, qu'on passe un ou deux jours ensemble, qu'on se connaisse un peu, mais non. Pour toi, la conversation, c'est juste parler de toi, juste dire combien tu vaux mieux que la terre entière et comment les autres sont des nuls en comparaison, et quand t'as un coup dans le nez, tu ris de moi avec tes fils, je dis tes fils, peut-être que ce sont mes frères, mais dans ces moments-là, sûr qu'on n'a rien en commun eux et moi, vous faites bloc, vous êtes un monstre à quatre têtes et au milieu du bouquet, il y a la plus hargneuse : la tienne. Et quand on est sans témoin, sans personne, juste toutes les deux, bien entre quat'z-yeux, tu lâches le morceau, tu craches que si la pilule avait existé plus tôt, je ne serais pas là. Tu me l'as assez dit et répété que j'étais un accident de la nature, une erreur d'aiguillage qu'aurait dû sauter, se faire éjecter du nid, finir dans une bassine, paquet de chair sur fond de sang, pas comme tes mignons, le fruit de tes entrailles, tes fils adorés. J'ai pigé cinq sur cinq que j'étais pas l'enfant de l'amour. Une pisseuse pour couronner le tout. Une disgrâce, une malédiction, une honte. Dans ta tête, c'est pire que chez les Zoulous. Mais voilà. Surprise ! Faut croire que je me suis accrochée aux branches. Et je suis arrivée à bon port. Mais en face de toi, il y a une inconnue. Tu ne sais pas qui je suis et tu ne veux pas le savoir. Tu crois que tu rattrapes le temps perdu en jouant les kapos, mais le temps perdu ne se rattrape pas. Je suis loin, madame ma mère. Loin, et tu m'as perdue depuis belle lurette. Tu veux juste me mater comme on mate un clébard. Peut-être que tu t'imagines que je t'appartiens. Désolée. Les enfants n'appartiennent pas aux parents. Et tu me fais tout ce cirque parce que je suis avec un homme et que ça ne te plaît pas. Je couche avec un homme et ça ne te plaît pas. Qu'il soit plombier ou prof de fac, c'est l'idée que je prenne mon pied que tu vomis. C'est l'idée que j'aie un vagin moi aussi que tu hais. Un dernier mot. Tu ne me materas pas comme on mate un clébard parce que je n'ai pas la fibre qui plie. Je ne suis pas ton clebs.

J'ai tellement rabâché mon laïus qu'il sortirait sans fausse note si j'avais seulement un peu de cran. Les mots se bousculent. Je serre les poings. Il y a une page d'équations devant moi. Je continue de résoudre mes équations. Je ne dis rien. Mon crayon perce la page. Je suis nulle. Je suis lâche. Je m'en veux.

2

Il y a un mois peut-être madame m'a offert une fleur en pot, une violetta. Peut-être qu'elle voulait faire la paix.

– Tu vois, les violettas, qu'elle a dit toute guillerette, c'est comme l'amour d'une mère, ça ne meurt jamais.

Je l'ai matée en songeant : cause toujours. Des boniments et des grimaces. Je ne m'étais pas trompée. Deux semaines plus tard, la fleur était crevée. J'ai jeté le pot dans un coin du jardin.

L'autre dimanche, elle devait flairer quelque chose. Elle n'a pas voulu me laisser prendre le train seule. Elle a insisté pour me raccompagner en voiture. On a sauté dans la Mercedes. Elle se la joue Hollywood avec sa décapotable, sa serviette en croco, des bijoux gros comme des bouchons, des fourrures qui sentent le parfum cher. Elle dit : c'est mon argent. Je peux le claquer comme je veux. Je trime assez dur. En chemin on s'est arrêtées dans un bon resto. Elle bouffe de trop. Elle ne lésine pas sur le rouge. Il ne lui reste que les plaisirs de l'estomac faute d'avoir ceux du ventre. Je l'entends souvent dire qu'elle va se mettre au régime, mais c'est toujours la semaine prochaine. À cause de la gêne, elle a voulu faire la causette. Elle a dû dire un truc comme :

– Ce sauternes, c'est le petit Jésus en culottes de velours.

Elle pinçait les lèvres pour ne pas en perdre une goutte. Le coup du petit Jésus, je l'ai entendu mille fois. Peut-être qu'elle a encore dit :

– Qu'est-ce qu'il est bon, ce petit salé aux lentilles !

Je n'ai pas relevé.

– Tu ne manges pas ta crépinette avec tes huîtres ? Si t'en veux pas, donne-la-moi !

Déjà le bras s'est tendu.

Il y a du silence de mon côté. Je sais bien où elle veut en venir. Même un sourd l'entendrait de loin. Alors j'ai balancé :

– J'ai perdu une bataille, mais je n'ai pas perdu la guerre.

Elle a fait mine de ne pas comprendre. Elle a demandé au bout d'un long moment d'une voix dure :

– C'est de ton Arabe que tu parles ?

J'ai dit que oui, que je parlais de Marco.

Elle a ricané :

– Alors, c'est le grand amour entre vous...

J'ai haussé les épaules. Qu'est-ce qu'elle sait de l'amour ? Amour est un mot qu'elle ne prononce jamais.

– Le grand amour ? qu'elle a redit. Taratata !...

Son rire a viré à l'aigre et elle s'est cru en devoir de finir le litron.

On est reparties sans rien dire et on ne s'est plus adressé la parole de tout le voyage.

3

Je me planque chez la copine aux sabots qu'est une copine et par la suite qui sera plus une copine. Elle s'est tirée en vacances et m'a laissé sa piaule. Deux pièces miteuses et glacées près de la Victoire. Elle a coupé le gaz, mais elle s'est bien gardée, la vache, de me dire où se trouve le robinet d'arrivée. Nous sommes fin octobre. Je n'ai ni chauffage ni eau chaude. Il fait un temps de neige. L'humidité suinte des murs. Ça sent le moisi et la cave dans ce gourbi. Le soir je me roule en boule dans le lit-cage. J'essaie de bouger le moins possible. Au matin les draps sont aussi poisseux qu'ils l'étaient la veille. J'ai le moral à zéro. Je laisse passer la semaine. Le temps se traîne. Mais j'ai un plan, et je m'y tiens. Dans le gourbi d'à côté, il y a une grand-mère qui me fait la causette chaque fois qu'elle m'aperçoit. Un après-midi elle m'invite à boire du thé et m'offre des gâteaux rances. Elle doit me parler de son défunt mari dont elle a mis la photo sur la télé. Je l'écoute d'une oreille.

Il me faut récupérer ma guitare. J'hésite. Est-ce que la vieille s'est pointée ? La tronche qu'elle a dû faire en trouvant l'appartement vide et l'oiseau envolé ! Ça ne lui est jamais arrivé, un truc pareil ! Elle s'imagine qu'elle a le monde à sa botte. Les hommes, ses fils, mon père, mes grands-parents, sa bonne, ses employés. Elle a toujours pensé qu'il lui suffisait d'aboyer pour qu'on rapplique au garde-à-vous. Les nanas comme elle, elles se fourrent le doigt dans l'œil. Les gens, c'est pas aussi facile. Il y en a certains dans le tas qui ne diront jamais amen. Et ceux-là, il faut s'en méfier. Dans le genre bombe à retardement, on ne fait pas plus explosif.

Bref. Je prends mon courage à deux mains et je retourne au studio le lundi suivant. Il est situé tout près de la gare Saint-Jean dans une maison à un étage divisée en trois appartements. Jusqu'à la semaine dernière, j'habitais le fond du rez-de-chaussée. L'entrée de la bâtisse est vide. Je fais quelques pas. Silence. J'ouvre ma porte. Personne. Ma guitare est toujours là, larguée comme un gros poisson mort. C'est elle que j'aperçois en premier avec soulagement. J'avais peur que la vieille l'ait cassée pour se venger. En voyant la pièce telle que je l'ai laissée, je me dis que personne n'est venu. Bizarre. C'est alors que je vois le message. Il est pourtant juste en face de la porte, rédigé sur un poster retourné, punaisé sur le pan de mur entre la baie vitrée et la kitchenette. Difficile de le rater. Il y a une dizaine de lignes. Elles ont été rédigées en grandes lettres avec un crayon à papier que j'avais oublié.

Cette femme, elle s'est bien foutue de moi pendant toutes ces années. Elle m'a imposé la vie et elle m'a imposé de vivre. Les enfants devraient être désirés. Si seulement on pouvait expliquer aux parents comme c'est moche pour un gosse d'avoir à se dépatouiller ensuite avec ce fardeau d'être sur terre comme un invité qu'on n'a jamais inscrit sur la liste, jamais ils n'auraient d'enfants sans les avoir voulus. On est là, mais personne ne vous attendait. Il y a à manger pour dix, mais pas assez pour onze. On vous le fait savoir. Alors on s'excuse d'être venu. On passe sa vie à se justifier, à vouloir être entendu, à vouloir être aimé et, à la fin, il faut une éternité pour trouver sa place. Je le sais aujourd'hui. Madame ma mère ne le sait pas. Madame ma mère brûle tout sur son passage. Sur le dos du poster, elle a écrit que je suis une chienne en chaleur. Une salope qui veut se faire mettre. Une honte. Mes grands-parents vont en mourir. À partir de ce jour, elle me coupe les vivres. Il est inutile de compter sur elle. Elle me déshérite. Ce sont ses mots. Rien que des mots qui font mal.

Peut-être ai-je regardé autour de moi. Cherché quelque chose à quoi me raccrocher. L'appartement où j'avais vécu m'est devenu étranger. Le petit jardin derrière la baie vitrée m'a semblé lointain. Il est possible que j'ai eu des envies de meurtre. Il est possible que j'ai eu envie d'en finir avec ma génitrice. Ça m'était déjà arrivé. Je pouvais avoir treize ans. Grande pour mon âge. Déjà l'air d'une femme.

Madame m'avait acheté un pantalon rose pâle en vue du mariage d'une cousine. Je l'avais bêtement taché en me renversant dessus une tasse de thé. Nous avions fait notre possible, ma grand-mère et moi, mais le devant du pantalon était mort, zébré de deux longues traînées brunes. C'était dommage de le jeter. Il servirait pour traîner. Madame était passée me chercher le dimanche du mariage juste avant l'église. J'étais supposée sauter dans sa voiture. Je la revois plantée au bout du couloir dans un tailleur excentrique. Toujours des couleurs pas possibles. Orange ou vert pomme. Elle me détaille. En un clin d'œil son sourire fond. Je porte un autre pantalon. Un blanc.

– Je te laisse un quart d'heure pour te changer et mettre ton pantalon neuf.

– Il n'est pas neuf, il est sale, je finis par dire.

Que je parle ou pas, c'est pareil. Elle ajoute, parce que c'est là l'important, c'est là où elle veut en venir et qu'il faut que je pige, coûte que coûte :

– Je l'ai payé et tu le porteras.

Le verdict est tombé. Elle est là, au bout du couloir. Calme. Froide. Elle ne gesticule jamais, ma mère. Ses yeux sont des pierres, sa langue un serpent et elle vous laisse pour mort rien qu'avec des mots. Un quart d'heure, répète-t-elle avant de disparaître. Sa voiture s'éloigne déjà. Une rage meurtrière me gagne. Je vais prendre un grand couteau dans la cuisine. Chez mes grands-parents, il y a deux grands couteaux longs et pointus pour couper le pain. Plutôt des couteaux de boucher que des couteaux à pain. Je saisis le plus tranchant avant de rejoindre ma grand-mère dans ma chambre.

Elle est effondrée sur le bord de mon lit. Elle ne me fait aucune remarque, n'affiche aucune surprise. Elle passe juste son bras autour de mes épaules. Nous commençons à pleurer toutes les deux. La situation nous dépasse.

– Tu la connais, dit-elle. Ne te braque pas contre elle ! Si tu te braques, c'est sur nous que ça retombera. Elle nous en veut déjà assez comme ça.

Et puis elle dit ce qu'elle dit toujours :

– Elle t'aime à sa manière.

Elle disait toujours ça, ma grand-mère. Elle t'aime à sa manière. Les mots m'entraient par une oreille et ressortaient par l'autre. Elle pensait que ça arrangerait les choses de présenter la situation sous cet angle, mais ça n'arrangeait rien. Je me revois le poing crispé sur le manche du couteau, la lame tournée vers le sol. Ma grand-mère me parle longtemps. Sa main s'avance ensuite doucement. Ma haine fond d'un coup. Je ne résiste jamais à ma grand-mère. Je lui donne le couteau. Elle ne reparlera jamais de cette histoire.

Voilà.

Quelques années plus tard, je me tiens debout sur le pas de la porte, face au poster retourné. Je suis seule. Seule face à ma vie. Je relis plusieurs fois le message que ma mère m'a adressé. Je ne moufte pas. Je ne pleure pas. J'en suis sûre. La scène s'est passée il y a trente-deux ans, mais j'affirme que, malgré la douleur, je ne pleure pas. C'est à cause de la haine que je ne pleure pas. La haine, ça rend fort. Je pense : ton fric, vieille vache, tu peux te le mettre où je pense. Le seul truc qui me fait mal, c'est quand elle parle de mes grands-parents. Elle a tapé juste. Je n'ai qu'eux. Ils sont tout pour moi. Je les aime d'amour fou. Il n'y a pas d'autre mot. Qu'elle en parle me fait souffrir pour eux. Et puis l'histoire de la chienne en chaleur aussi me fait souffrir. Parce que, entre Marco et moi, il y a de l'amour. Marco est un raz de marée qui s'est abattu sur ma vie. Les jours loin de lui ne valent pas la peine d'être vécus. Je pourrais rester des années-lumière à l'attendre. Je reconnais le bruit du moteur de sa voiture dans la rue pleine de nuit. J'ai envie de courir dans ses bras dès que j'entends sa clef tourner dans la serrure. Ma vie a changé depuis que je l'ai rencontré. Avant lui, je n'avais jamais couché avec un homme. Après c'est forcé, on ne voit plus les choses pareil. Nous nous écrivons de longues lettres que je garde dans une enveloppe spéciale. Il a une belle écriture droite. Il n'est pas encore exactement un homme, pas un vieux, je veux dire. Il a juste cinq ans de plus que moi. Mais bon, il veut qu'on le prenne au sérieux. Il me dit qu'il est adulte maintenant. Marco, vrai de vrai, c'est l'homme de ma vie. Et nous serons heureux ensemble, je le sais. Et nous vieillirons ensemble, je le sais. Mais comment le lui faire entendre à cette femme qui trompe mon père ? Ma grand-mère le dit. Elle aussi le dit. Les types qu'elle s'envoie, est-ce qu'elle les désire seulement ? Elle n'a jamais voulu ses enfants, comment pourrait-elle vouloir ses amants ? Et puis c'est pour faire l'intéressante qu'elle se vante. Tout ça pour me dire qu'elle aussi a un cul en bon état de marche. Je ne suis pas la seule à être en activité. Les femmes comme elles, c'est ça leur problème. Quand le cul fatigue avec la ménopause, elles croient qu'elles sont finies. Il faut qu'elles en rajoutent, et parce qu'elles n'arrivent pas à se dépatouiller avec ça, la jeunesse qui se fout le camp, les sourires qui ne font plus bander les taxis, elles deviennent mauvaises. On peut s'attendre au pire avec le retour d'âge.

Je m'avance vers le poster retourné.

Je le dépunaise du mur. C'est une affiche que Marco m'a offerte et que j'aime beaucoup. Un couple qui s'embrasse. Une belle photo en noir et blanc. Marco ne m'offre que des images qui parlent d'amour. Des photos de Doisneau. Des couples sur fond de soleil couchant. Des couples dans des forêts. Je déchire l'affiche en grands carrés puis en carrés plus petits. Je les jette sur le carrelage. Si madame revient, elle verra que son chantage ne me fait ni chaud ni froid. Et comme je suis sur le chemin de la gare, je repars comme j'étais venue. Du coup, je n'emporte pas ma guitare. Je suis bien assez chargée. C'est un lundi et j'ai assez perdu de temps. Cette fois-ci je prends le large sans espoir de retour.

4

Marco ne sait rien de mes décisions.

J'ai tout manigancé seule. Il faut lui annoncer les cartons, la cavale. En un mot, je suis à la rue. Mon premier réflexe sera de faire du blé avec ce que j'ai sous la main. La vieille m'a offert des bijoux l'année d'avant, un bracelet et des boucles d'oreilles qui me font mal parce qu'elles sont trop lourdes. Je vais les revendre chez ces types qui vous rachètent l'or au poids. Avec le liquide j'achète un tee-shirt rayé bleu et blanc, celui que je porte le mercredi du départ, un vrai tee-shirt de marin en coton épais et il me reste de quoi survivre deux semaines au bas mot. J'ai aussi concocté d'aller à Bruxelles. Je ne me souviens plus quand l'idée d'aller me réfugier en Belgique s'est décidée. Plus tard. Le lendemain ou le surlendemain. Un copain m'hébergera. Personne n'ira me dénicher là-bas. Pour l'instant, mon plan est de me rendre à La Rochelle. J'achète un aller simple. Ou je monte sans billet. Ça m'arrive souvent. Les contrôleurs ne me cherchent pas de noises. Qu'ils soient chauffeurs de taxi ou contrôleurs de train, à part les exceptions qu'aiment pas le genre humain, les hommes sont arrangeants avec moi. Je leur balance mon grand sourire et je dis que je ne l'ai pas fait exprès. Et ça marche. Jamais jouer au plus fin. Les mecs n'aiment pas les fortes têtes. Bien sûr je promets que je ne recommencerai plus. Je promets à chaque fois.

Une fois débarquée à La Rochelle, je vais sonner chez Didine. Une bonne copine. En instance de divorce. Une femme sur laquelle je peux compter. Le genre qui ne me demandera rien en retour. Elle connaît Marco. Il lui a fait du gringue à une époque. À Didine, tout le monde a fait du gringue. Elle est belle, Didine. Brune, les cheveux très courts, des jambes fines et musclées, une allure incroyable. Des petites dents aussi blanches que des perles fines. L'idée de ma fugue l'emballe. Elle m'ouvre les bras sans tergiverser. Les ados, elle connaît. Elle a deux filles un peu plus jeunes que moi. Elle dit qu'avec des familles comme la mienne, des familles où la folie rôde, le mieux, c'est de se tirer le plus loin possible. L'éloignement protège.

J'étais sûre de moi quand j'ai sonné chez Didine. J'étais excitée, heureuse, mais plus l'après-midi s'avance, plus l'inquiétude grignote. J'aurais dû avertir Marco, non ?

Didine est rassurante :

– Pas de panique. Marco, je me charge de lui.

Elle prend le téléphone. Elle appelle ses parents. Bonjour monsieur.

– Qu'il vienne dîner ce soir ! C'est important. Il y a une surprise pour lui.

Elle donne son nom et son adresse. Mais rien d'autre. On attend Marco en préparant la bouffe.

– Tu crois que ça va aller ?

– Je te jure que tout ira bien. Je le connais.

Vers six heures, il sonne. Il entre. Il s'avance vers Didine, se retourne et je suis là, dans l'angle du couloir. D'abord il me regarde sans comprendre.

– Ben voilà, je suis partie.

Il n'a pas bougé. C'est une farce, qu'il se dit.

– Mes études, ma famille, c'est fini. Nos rendez-vous dans les hôtels planqués, nous voir en cachette, c'est fini et bien fini.

Il se tient dos à la fenêtre, incrédule. Il dévisage Didine avant de me dévisager. Une femme vient de lui tomber sur les bras. La surprise est un brin déplacée. De femme, il en a déjà une en vérité et beaucoup plus officielle que moi. Le jour où je l'ai rencontré au *Café du port*, une alliance brillait à son doigt. Je ne pourrais pas le nier.

– Vrai de vrai, t'es partie ? Et tes études ?

– Bio math sup, je m'en fous !

– Mais tu ne peux pas partir comme ça…

– Je suis partie, je te dis, et je ne retournerai pas dans cette caserne.

– Je me demande quelle tête vont faire tes parents…

– Allons Marco, s'impatiente Didine. Décide-toi ! T'es heureux ou non de la voir, ta fiancée ?

Marco s'ébroue, s'avance et me prend dans ses bras. Oui, il est heureux :

– Nous allons vivre ensemble le plus tôt possible, déclare-t-il.

La copine qui sourit de toutes ses jolies dents nous rappelle gentiment que je suis mineure et que la vie maritale, on aura tout le temps d'y repenser plus tard. Mieux vaut pour l'heure ne pas moisir dans les parages sinon les flics nous arrangeront une lune de miel cinq étoiles. J'ai tout prévu. Je parle de Bruxelles, du copain. C'est un bon plan. Je vide mes poches. Marco me donne le liquide qu'il a sur lui. Didine va chercher son sac pour y plonger le bras. À nous trois, on réunit l'argent du billet.

– Je partirai dans quelques jours, non ?

– Tarde pas trop ! conseille Didine qui sait mieux que nous de quoi est fait le merdier de la vie.

Avec Marco on squattera deux nuits chez elle. Pendant toute cette période, avant mon départ et après mon retour, on vit dans des hôtels minables. Généralement près des gares. Les doubles rideaux sentent le rance. Les couvertures, le vieux tabac. Il y a un lavabo dans un coin, parfois un bidet. C'est franchement moche, franchement sale, mais on s'en fiche. Je me lave les cheveux et je sors de la salle de bain sans rien dessus juste avec mes cheveux mouillés qui paraissent encore plus noirs et qui me tombent au milieu du dos. Marco me renverse sur le lit. On se chatouille. On fait l'amour. On le met en réserve. Et on se regarde aussi des heures entières pour emporter l'autre en image et s'en souvenir quand on flanchera. Marco est beau comme c'est pas permis de l'être. Une peau veloutée. Un dos d'athlète. Un corps puissant. Je n'ai plus jamais froid. Il me prend dans ses bras. Il me dit qu'il me protègera contre l'hiver et contre tout. Surtout contre eux. Contre ma famille. Ma cape que j'étends sur le lit nous sert de couverture. Nous ne parlons pas d'enfant. Marco est déjà paré de ce côté-là. L'officielle a un fils.

Marco répète qu'il ne faut pas moisir dans le secteur, que mes parents sont des vicieux de bourgeois capables de tout. Je refais mon sac avant de hisser à nouveau les voiles. J'ai le cœur en vrille, mais je n'ai pas le choix. Il faut déguerpir.

5

Je tombe sur deux jeunes dans un compartiment. Ils ont l'air sympas. Je parque ma vache et décide de rester. Les deux mecs vont à Amsterdam pour fumer des kilomètres d'herbe et se payer du bon temps. La nuit vient. Ils roulent un joint plus gros qu'un entonnoir. Le pétard circule. Je ne fume pas. Mes tiges me suffisent. À la frontière, les douaniers se pointent avec leur Médor. Tous les gamins qui rejoignent Amsterdam sont suspects. Les gars nous reluquent, mais ils repartent comme ils étaient venus. Leur clebs doit avoir le nez bouché. Les deux jeunes se marrent. Pas moi. Je n'ai pas desserré les dents depuis le départ. Je pense à elle. La mère de l'enfant. Celle que Marco a conduite devant monsieur le maire et dont la pensée me torture. Il va la revoir en mon absence. Elle va se servir de l'enfant, le brandir sous son nez, brandir ce malheur. Et lui m'oubliera. Je suis une passade. Il va me balancer, c'est couru. Je tire sur ma clope en regardant mon reflet dans le puits noir du carreau. Je n'aime pas mon nez. Ma mère dit que je l'ai hérité de mon père. Et ma mère n'aime pas mon père.

Je relis l'adresse du copain. Il en pince pour moi. On a un peu couché ensemble au début de l'été juste avant que je rencontre Marco. Il ne s'est rien passé, parce qu'il n'était jamais allé avec une fille. Il ne savait pas trop comment se débrouiller. Moi non plus. Je prends un bus. Je vais frapper là où j'adresse mon courrier. Une banlieue chic. Une triste bâtisse à un étage. Une femme m'ouvre. Style Brushing et jupette grise. Un peu sur ses gardes :

– Oui ?

– C'est ici qu'il habite, Alain ?

– Oui, mademoiselle, mais il n'est pas là. Revenez plus tard, en fin d'après-midi. Il est en classe maintenant.

– En classe ?

– Il est au lycée. Je suis sa mère.

Si je m'attendais. Je m'étais imaginé que le pote était étudiant et qu'il avait sa piaule à lui. En fait il repique sa terminale et vit toujours chez papa-maman. Quand il se ramène, on fait le point. Il me dit que je peux rester. Ses parents ne bronchent pas. Je leur sers mon baratin, que je suis en vacances et que je passe dans le coin. Mouais. C'est un peu gros. Mais ils ne posent pas de questions. Ce sont des gens bien. Et Alain est un mec bien. Il pourrait profiter de la situation, que je suis loin et seule. Se payer en nature. Après avoir tenté sa chance sans succès une première fois, il pourrait revenir à la charge. Il doit être dépucelé depuis l'été dernier. Mais non. Il ne revient pas à la charge.

Je n'ai rien à dire de Bruxelles parce que je suis loin de Marco et qu'il n'y a que ça qui compte. Son absence. Je me souviens des carillons et de leur petite chanson triste. Alain a une moto et on va faire des tours en ville. Ses potes fils à papa nous aperçoivent. Ils se demandent ce qu'un mec comme lui fait avec une fille comme moi. Bien sûr que je suis baisable, et même très baisable. Mais j'ai quand même l'air d'une pouilleuse. Je porte ma cape de drap qu'est chouette, mais pas classe, surtout quand on me la voit tous les jours dessus. J'ai un pull chiné de trois couleurs. Il est très beau, ce pull, mais c'est pareil. Je le mets du lundi au lundi. Je n'ai pas vraiment de garde-robe. À part les virées moto, c'est l'ennui le plus gris.

À Bruges on fait des tours en barque entre les murs des vieux couvents. On commande les plats du coin dans un resto. Il y a un beffroi au fond d'une place qui nous fait coucou derrière la dentelle des rideaux. À Bruxelles on avale des moules et des frites arrosées d'une grosse bière noire. Les parents d'Alain m'ont donné la chambre de leur fille. Elle est mariée depuis peu. Elle a laissé quelques livres derrière elle. Je lis Steinbeck dans cette chambre de Bruxelles. *Des souris et des hommes*. Je serai ensuite logée chez un oncle mort. Les parents n'en sauront rien. Ils ont hérité de ce grand appart sur les boulevards. On a chouré les clefs avec la complicité du beau-frère. C'est comme ça que je prolongerai ma cavale à l'œil. Le lieu est étonnant. Je dors dans un lit bateau. Je me demande bien ce que faisait l'oncle mort dans la vie. Un type sacrément instruit. Les murs sont couverts de dizaines d'ouvrages reliés qui s'alignent dans de magnifiques bibliothèques anciennes. Chez mes grands-parents il y a quelques Hugo et des Balzac, les principaux, en édition de poche, qui deviennent moches et mous et jaunes avec la trace des doigts. Sur l'étagère du dessous, Paul Féval est en bonne compagnie entre le guide Clause et le catalogue Manufrance. Les livres sont rangés dans le buffet de la salle à manger. Mes grands-parents n'en achètent jamais. On leur en offre parfois pour Noël. Chez l'oncle mort il y a Ibsen, Tchekhov, Aristophane sur du beau papier dans des jaquettes de cuir. Ça me fait mal de voir qu'il y a des familles comme celles d'Alain, mais je ne sais pas encore pourquoi j'ai mal. Oui, il y a des familles où les parents lisent. Oui, il y a des familles où les parents aident aux devoirs. Oui, il y a des pères auxquels on peut demander quand on est assis derrière un jeu d'échecs :

– C'est quoi les accords de Yalta ?

Et le père répond sans se tromper comme dans « Questions pour un champion ». Moi, le mien de père, il est aux abonnés absents. Pour ça, il n'est pas méchant pour un sou, sauf quand ma mère prend trop le dessus et qu'il pique des crises à vouloir tout casser et lui foutre sur la gueule, mais dans l'ensemble, il est là sans y être.

Dans ses bons jours il lit le *Reader's Digest*. Mon grand-père, lui, connaît plein de trucs dans le chai et dans le jardin qu'il m'apprend, mais si je lui demandais pour les accords de Yalta, il ne saurait pas dépatouiller le pourquoi du comment.

Alain est gentil, mais le temps n'en finit pas. Il pleut sur Bruges. Il pleut sur Knock-le-Zout. Il pleut sur la Grand-Place. Mes dix-huit ans sonneront. Et je quitterai les carillons. Le pote est un peu triste parce qu'il s'est monté la tête. Il s'imagine que je suis venue à Bruxelles pour ses beaux yeux. Mais je lui ai parlé de Marco et il a compris. C'est vraiment un chic type. Droit comme on peut l'être à dix-huit ans et qu'il y a des choses qu'on ne veut pas faire comme traîner dans la boue l'amitié d'une copine.

6

Il pleut des cordes quand je reviens à La Rochelle. Nous sommes en décembre. Je suis impatiente d'être arrivée. Le voyage est interminable. Il y a un changement à Paris, et j'ai faim. Un sandwich me fait de l'œil dans la vitrine d'une boutique à roulettes. Le pain est frais. Le salami aussi. Un peu de verdure dépasse des bords. Il a l'air au poil. À ce stade je ne sais même plus à quand remonte mon dernier vrai repas et je dévorerais du carton. Le truc, c'est que je suis à sec. J'ai claqué tout mon fric à Bruxelles. Il me manque cinquante centimes pour m'en payer un, de sandwich. Juste cinquante centimes. Je fouille le pavé en quête de mitraille. Je rôde gare du Nord, à l'intérieur, à l'extérieur, dans les rues parallèles et adjacentes. Rien. Je me décide à faire la manche. Première fois de ma vie. J'ai pisté un mec qui fait la retape pour les Enfants de Dieu. Bingo ! que je me dis. Ces types-là doivent avoir le cœur sur la main. On est tous frères et sœurs sur la planète rose, pas vrai ? Il m'a pistée lui aussi. Des larguées dans mon genre, ça fait les meilleures recrues. Il vient me chanter sa messe. Sa voix est mélodieuse. Il ponctue ses phrases de grands sourires. Il a vraiment l'air cool. C'est à la fin du sermon que je demande le blé. Je crois bon de préciser que je n'ai rien mangé depuis la veille. Ça ne lui fait ni chaud ni froid, au gonze. Et pour mettre fin à la causette, il conclut avec un air mauvais :

– Les Enfants de Dieu ne font pas la charité !

Merde. Première fois que je faisais la manche. J'avais pris sur moi pour y arriver. Pas facile de tendre la main. L'humiliation est cuisante. Du coup, j'attends mon dur en marmonnant que les Enfants de Dieu, c'est que des enfants de salaud et je vais me planquer pour plus voir le tartuffe qui baratine d'autres poires en minaudant.

Marco m'attend à la gare.

On pleure. On va à l'hôtel. On fait l'amour. On repleure. On reste deux jours collés l'un à l'autre, les jambes les unes dans les autres, comme deux bêtes dans leur nid. Je mange comme quatre. On allume des brunes qu'on se partage. On se raconte dans le détail les semaines passées. Marco est jaloux du copain belge.

– T'es mal placé pour parler, je réplique. Combien de fois t'es allé coucher chez toi pendant mon absence ?

Si je prononce son nom, Marco m'arrête net :

– Je me fous bien d'elle !

– Est-ce que tu la désires ?

– Elle ne m'intéresse pas, j'te dis !... Elle est tombée en cloque. Mon père rigole pas avec ça. Il est kabyle et ma mère est corse. Qu'est-ce que tu crois ? C'était direction la mairie et la bague au doigt... On ne m'a pas donné le choix.

– Tu tiens à elle quand même... C'est la mère de ton fils.

– Oui, d'accord, et de quoi d'autre t'es jalouse ?

– J'suis pas jalouse !

Marco rit.

– Pas jalouse, mon œil ! T'es jalouse de tout ce qui bouge ! Qu'est-ce que tu t'imagines ? Je ne pourrais pas te tromper.

On se regarde dans les yeux. Je soupire. On refait l'amour. Jamais on ne s'est autant aimés.

On va sonner chez Didine. Elle nous fait entrer, nous fait asseoir. Quelque chose ne gaze pas. Ce n'est pas dans ses habitudes d'en faire des caisses. La grosse cloche qu'on aperçoit de sa fenêtre est tristounette sous la pluie. Didine aussi. Elle toussote et va prendre une enveloppe dans un tiroir.

– C'est arrivé pour toi la semaine dernière. J'ai ouvert.

Dans sa main, il y a une feuille bizarre.

– C'est une convocation des flics, qu'elle ajoute en me tendant un papier bleu.

Je regarde l'enveloppe, mon nom, l'adresse de Didine :

– Mais comment ils ont su que j'étais chez toi ?

– Ils ont su, c'est tout. Quelqu'un a dû te voir. Je t'avais dit de ne pas t'attarder.

Les emmerdes nous ont rattrapés. C'était trop beau.

Marco pense que cette fois-ci, on est faits. Détournement de mineure. Ça risque de coûter cher.

– C'est quoi ce bordel ?

On est un peu sonnés. En haut de la feuille, il y a d'écrit en gros : Avis de recherche dans l'intérêt des familles. Le papier dit qu'il faut que j'aille me présenter au commissariat le plus proche. Bon. C'est la première fois que j'ai affaire aux flics. Je m'y pointerai le lendemain. Seule. J'expliquerai mon cas. Le poulet me détaille de la tête aux pieds sans trop savoir quoi penser. Il me demande mon âge.

– Dix-huit.

Il hoche la tête :

– Dans ce cas…

Après avoir fourragé derrière le comptoir :

– Alors voilà, dit-il en me tendant un formulaire. Faut dire que vous êtes en bonne santé, que vous êtes partie de votre plein gré sans aucune pression physique ou psychologique.

Je remplis le papier. Nom. Prénom. Date de naissance. Faut rédiger deux ou trois lignes dans le bas. Le condé me mate. Sûr que l'histoire le chagrine. La nouvelle loi sur la majorité, il a comme une envie de s'asseoir dessus. Hier encore j'étais une mineure en cavale auquel cas il faisait son boulot et ni une ni deux il me ramenait chez mes vieux par la peau des fesses. Et aujourd'hui je suis devenue une empêcheuse de tourner en rond par l'opération du Saint-Esprit. Je rédige mon laïus. Je n'ai aucune envie de lui parler, à ce condé. Il y a quelque chose dans ma mine qui dit : j'ai dix-huit ans et je t'emmerde.

Au moment où je suis sur le point de repartir, il appelle un gradé qui gratte dans un bureau par-derrière. Pas besoin de speech. Le zèbre sait de quoi il en retourne. Il s'avance. Il est plus sophistiqué. Il parle mieux. Il a sa niche à lui. Un chef, quoi.

– Mademoiselle, qu'il commence, je connais votre mère de longue date. C'est une femme exceptionnelle.

Tiens, tiens !... Il la connaît. Peut-être qu'il se l'est tapée ? Et le gradé dit encore :

– Votre mère a un message pour vous.

Un message ?... Ah bon !... Et là je vois que l'autre, le pas gradé, savoure le juste retour du bâton, parce que le gradé dit sur le même ton très classe :

– Elle vous fait dire que, même si vous faites le trottoir, elle s'en lave les mains de votre histoire.

Je relève la tête. Fais pas ta fière, dit ma grand-mère. M'en fous. Je fais ma fière. Je ne suis pas une braqueuse de banque, ni une délinquante, ni une méchante, mais je les regarde quand même, ces deux mecs qui veulent ma peau, je les regarde comme si je regardais deux merdes. Je n'ai jamais su si le poulet avait inventé ce baratin pour m'impressionner ou si c'était vrai. Ce qu'il ne savait peut-être pas, c'est que ma mère n'aurait eu aucun scrupule à dire une vacherie pareille.

7

J'ai appelé plusieurs fois mes grands-parents en PCV. Ma grand-mère me tanne.

– Viens nous voir. Fais-le au moins pour ton grand-père. S'il ne te voit plus, il en mourra.

Depuis des semaines, ils m'attendent. Chaque jour, ils ne font que ça, m'attendre.

Ils sont là, sur le seuil de leur petite maison. Ils ne me regardent pas. Ils me passent en revue. Ils détaillent une inconnue. Ma grand-mère se bouchonne les yeux. Mon grand-père lutte contre les larmes. Moi aussi. Rien ne nous a jamais séparés. Ils sont moi et je suis eux. Ne les revoir qu'une seule fois suffit. Ma rébellion est une erreur. J'ai envie de déposer les armes. Je redeviens leur petite enfant. Quelque chose se raidit en moi. Je reste sur mes gardes. Ma rébellion n'est pas une erreur. J'entre dans la salle à manger. Ma gorge se noue. Lorsque nous revenons de vacances, mon grand-père a l'habitude de dire : rien ne vaut son chez-soi. Eh bien, il est là, mon chez-moi. Il m'accueille comme une bouillotte dans un lit d'hiver. La vie paraît si facile ici. La chambre de mes grands-parents tout de suite à droite. À gauche, la salle à manger. Là où ils installent le sapin à Noël. Au fond la cuisine et ma chambre. C'est la maison où j'ai trottiné et balbutié mes premiers mots. Entre eux et moi, il y a quelque chose désormais. Quelque chose que nous n'avions pas prévu, mais qui s'impose. Entre eux et moi, il y a mon corps. Il écrase le vide dans ce couloir où nous sommes épaule contre épaule. C'est un corps nouveau, un corps qu'un homme a possédé, et cet homme est là aussi, entre eux et moi. Je voudrais me couvrir. Ma grand-mère le sent. Son premier réflexe est de vouloir me battre.

– Regarde-toi. Une vraie putain.

Les mots éloignent le geste. Mon jean me moule les fesses. Mon tee-shirt noir est trop décolleté. J'ai les yeux charbonnés de khôl. Les cheveux en bataille. C'est de trop. Ce débraillé n'a pas sa place ici.

La grand-mère s'est plantée face à moi. Elle me redit ce qu'elle m'a déjà seriné vingt fois au téléphone :

– Tu as perdu la tête ! Et tout ça pour un mec, un gigolo, un margoulin !

Elle agite une lettre :

– Elle le dit elle aussi que tu es folle… ta bonne copine de Bordeaux. Même tes bonnes copines te lâchent…

Je parcours la bafouille qu'elle ne s'est pas gênée pour lire. C'est la fille aux sabots qui m'a écrit une homélie. J'ai perdu l'usage de la politesse. Je crache à tort sur les valeurs familiales. Tout un baratin parce que mademoiselle veut récupérer ses sabots. Pas besoin d'un sermon, je les lui aurais rendues, ses pompes.

Ma grand-mère a repris la bafouille :

– C'est donc chez cette Aline que tu te cachais !... À Bordeaux et à La Rochelle et où encore ? Tu as ton petit réseau, hein ? Je crois que tu as perdu la tête, ma pauvre enfant ! Les parents de la petite Chatton lui ont interdit de t'adresser la parole. Tu n'es plus fréquentable. Est-ce que tu te rends compte ? Dire que la petite Chatton, tu la connaissais depuis le primaire.

Elle s'arrête, se dresse, dit :

– Tu t'es vue ?

Elle me tire devant le miroir de sa chambre, grogne :

– Regarde-toi ! À moitié nue !

Les insultes pleuvent. Le visage du grand-père se crispe. Le chagrin qu'il ne veut pas lâcher glisse malgré lui le long de ses joues.

– Laisse-la tranquille !

– Toujours à prendre sa défense !

La grand-mère veut m'enfermer dans ma chambre.

– Je sortirai par la fenêtre.

Je la saisis par les épaules.

– Qu'est-ce que tu te fatigues ? Y'a pas de serrure à ma porte ! Comment tu feras pour me boucler ?

– Je fermerai les volets !

– C'est fini, tu comprends. Notre vie ensemble est finie maintenant.

La grand-mère se dégage d'un coup d'épaule. Elle est solide et bigrement rapide pour son âge :

– Ce type est un vaurien. Tu finiras mal.

Elle a des mots terribles pour parler de Marco. Des mots que je ne peux pas redire.

J'essaie d'expliquer :

– C'est comme ça. La vie des filles, elle est comme ça. Un jour, elles partent.

Ils spéculent. Ergoter les calme cinq minutes. Ma grand-mère s'est mariée à seize ans. Ma mère à dix-sept. Moi, après tout, j'en ai dix-huit. La tension mollit. Une seconde d'hésitation. Ils reprennent leurs esprits. Les cris repartent de plus belle.

– Tu as bien calculé ton coup. Qui c'est qui t'a mis ces horreurs en tête ? Si on vous avait foutu la main dessus, tout le monde finissait au trou !... Détournement de mineure, c'est pas rien ! Ce type est un voyou, un vaurien. Il va te coller un marmot et ensuite il te plaquera. Tu ne seras pas la première. On a croisé ses beaux-parents au marché. Ils l'ont revu chez sa femme.

Je me sens pâlir. Chez elle. Bien sûr qu'il va chez elle, autant dire chez lui. Il m'a menti.

– Tu t'en fais de belles illusions, pauvre oie blanche. Il n'est pas prêt de divorcer. Une fille dans chaque port. Pas le courage de faire les choses proprement. Il n'est pas propre, ce type.

Je rugis :

– Un mot de plus et je repars.

– Ça ne te plaît pas, hein, ce qu'on te dit ! C'est pourtant la vérité. Tu peux relever le menton et jouer les princesses. C'est la vérité.

Mon grand-père s'assoit, exténué. Il est pâle. La grand-mère se calme. Silence. Et rebelote.

– Tu es dure. Tu as un cœur de pierre. Tu critiques ta mère, mais tu es comme elle !

– Arrête ! dit le grand-père. Laisse-la tranquille. Arrêtez toutes les deux !

– Ah toi ! Toujours de son côté. Tu lui cèdes tout. Tu lui as toujours cédé. Et voilà le résultat…

Mes grands-parents sont ma seule famille. Les seuls qui s'inquiètent pour moi quand je suis malade, ou quand je suis triste. Les seuls qui me font de gros bisous qui claquent quand j'ai de bonnes notes. Je n'ai personne d'autre. C'est bon de revenir dans cette maison. Même si c'est chaque fois ma fête, c'est ma maison. Le portail qui grince. Dès que j'arrive la grand-mère sort le pain, le saucisson et le fromage. Elle sait que je ne mange pas à ma faim. Pas besoin de lui faire un dessin. Chaque fois elle hurle :

– T'es un vrai squelette. Tu finiras poitrinaire.

Elle gueule, elle me traite de putain, mais elle ne lésine jamais sur le fricot. J'ai même droit à un gorgeon dans la bouteille du grand-père. Le vin de la coopé. Du douze. Lui ne dit jamais un mot plus haut que l'autre. Mon grand-père est un saint. On s'assoit côte à côte. On grille une cigarette.

– Regarde-le, tu lui as redonné le goût de fumer, à ce pauvre vieux !

Mon grand-père et moi, on se marre. Il dit de ma grand-mère, avec un fort accent du Lot-et-Garonne qu'il n'a jamais perdu :

– Elle est un peu vive.

Quand on a bien pleuré, bien hurlé, on se jette dans les

bras l'une de l'autre. Je serre son corps frêle contre le mien. Je voudrais avoir dix ans pour m'enfouir la tête dans son tablier bleu.

– Je t'aime, ma chérie, dit-elle. Je t'aime et je veux ton bonheur.

Je le sais. Je l'aime aussi.

Ils ne comprenaient pas.

C'était fini. L'enfance était finie. La balançoire, le jardin, le bac à sable, ma peinture, mon piano, tout ça était fini. On passe vite d'un âge dans un autre. C'était pourtant hier, mais hier était passé. J'étais une femme. Une femme prête à se battre contre une autre à armes inégales. Une femme prête à rendre Marco heureux. À dix-huit ans les filles sont des femmes. Aujourd'hui on comprend ces choses-là, mais à cette époque, vous étiez une femme quand la société l'avait décrété, pas avant. Après l'autorité du père, il y avait celle du mari. Basta. Entre les deux toits, difficile de prendre la tangente. J'ai grandi dans une petite ville de province, de ces villes et villages où l'on a horreur de toute forme de marginalité. On fait ce que les autres font. Ça s'appelle une vie réussie. On a du mal à imaginer combien les mœurs ont changé. Mais en 1974 cette histoire de majorité à dix-huit ans prend tout le monde de court. C'est une sorte de révolution. Ma mère a tenu mes frères en laisse jusqu'à vingt et un ans, et moi, je suis libre grâce à une foutue loi qu'un foutu gouvernement vient de pondre. Pour leur couper la chique, c'est gagné. On ne manque pas de me crier sur tous les tons que si les choses avaient été comme au bon vieux temps, je me serais retrouvée vite fait bien fait dans l'une de ces taules où l'on redresse les délurées de mon espèce. Je serai toujours reconnaissante au gouvernement Giscard d'avoir voté cette bonne loi qui me rendait libre de mes actes. Responsable, je l'étais. Les parents ne savent pas qu'à dix-huit ans, on a plus de plomb dans la cervelle qu'ils le pensent. Parfois plus qu'eux.

J'ai été à bonne école depuis le berceau. On m'a largement donné de quoi gamberger sur l'existence et ses mystères. La mère, la grand-mère et la petite au milieu. Joli trio. Je suis un paquet de chair vivante qu'elles se disputent. Elles tirent la même charrette, mais pas dans le même sens. Je suis la cause, la raison et le moteur de cette catastrophe. Dix-sept ans que madame ma mère est la personne en trop dans ma vie. Je me dis souvent que j'irais bien mieux sans elle. On ne peut pas se voir sans se fritter. Elle critique mes goûts, mon allure, mon langage, mes idées. Tout. Même mes silences quand je me tais pour éviter les frictions. Mes grands-parents m'ont mal élevée. Elle aurait mieux fait de me donner à ses parents. Ils m'auraient serré la vis. J'aurais morflé autant qu'elle avait morflé. De temps à autre, elle menace de me reprendre. Au final elle ne me reprendra jamais. Elle me déteste, je le sais, parce que je suis la fille de mon père et la preuve de son existence. Mon père qui lie les deux femmes l'une à l'autre par une finasserie du hasard dont elles se seraient bien passées.

Jean dit Johnny. Prononcer Jany.

Né en Australie en 1918.

Premier fils. Adoré par sa mère. Mauvais mari et mauvais père. Il est la cause, la raison et le moteur de leurs empoignades. Chaque dimanche ou presque elles s'accrochent. Ça finira par faire un vilain mélange dans ma tête. Le bon docteur Freud se serait régalé avec un pareil sac de nœud. Un jour, j'ai su d'instinct qu'il fallait me tenir à distance. Toute ma vie, je resterai à distance pour ma sauvegarde. Je ne veux plus entendre leurs cris de chiennes. Parce que la chienne dans l'histoire n'est pas celle qu'on pense.

Elles ne l'admettraient pas bien sûr. Et si… Et si… Et si ta mère… Et si ta grand-mère… Et si ton père… Maintenant des si, il n'y en a plus. J'y vois enfin clair. Je suis une femme et ma vie est à moi. Comme Marco, je veux qu'on me prenne au sérieux. J'ai le sentiment d'être entrée dans un âge plus grave. Marco parle de divorce, et moi, j'écoute, solennelle, le déroulement de cette affaire complexe. L'insouciance de mes dix-huit ans est endeuillée par un drame. La légèreté du jeune âge, je ne l'ai jamais connue. Je me revois décidée, têtue, mais jamais légère. Et mûre aussi. Le jour de ma fugue par exemple, j'avais posté trois lignes à ma famille. Trois lignes suffisaient. Le pourquoi de la cavale, ça me regardait. Leur expliquer aurait bouffé trop de papier. J'avais juste écrit : « Je suis partie. Ne vous inquiétez pas. Je vais vivre ma vie. » Il n'y avait rien à ajouter. Tout était dit. C'était ma vie à moi que je voulais vivre, ma vie et mes rêves, pas les leurs.

8

Je veux être écrivain.

J'ai douze, treize ans peut-être. J'ai déjà dû en parler. Ma grand-mère n'a aucun a priori contre ces gens-là, mais elle considère quand même que c'est un truc de rentier. On écrit à ses heures perdues, le dimanche ou quand on est en retraite. On n'est pas écrivain pour gagner son fricot. Faut être sérieux.

Il n'empêche. J'ai déjà commencé à noircir du papier. Mal m'en a pris. Tous mes poèmes, notes, lettres ont été découverts. Un malheureux début de pièce de théâtre a lui aussi été éventé. On a étudié *Britannicus* en classe. Je veux faire quelque chose dans le même genre. Il me plaît, ce Racine. Agrippine ? Ma mère est sa sœur jumelle. Et puis il y a Narcisse, le fourbe. Comme Britannicus, j'ai mon Narcisse. J'ai planqué les papiers du mieux que j'ai pu. Mes planques sont nulles. La grand-mère a reniflé l'embrouille.

Elle entre dans ma chambre, tire la porte. Mon grand-père doit rester en dehors du coup :

– Qu'est-ce que c'est ?

Elle tient une poignée de feuilles. J'ai reconnu mes brouillons. Je pâlis.

– Qu'est-ce qui ne va pas ? Pourquoi t'es comme ça ?

Elle pose des questions. Elle n'attend pas de réponses.

– Pourquoi t'écris de telles horreurs ? Sur ta propre famille ! Tu les hais donc tant ?

Ses questions sont des accusations. Je ne dis rien. Je voudrais parler de ma mère. Je ne peux pas parler d'elle. Ma grand-mère dirait : elle t'aime à sa manière. Ce n'est pas une réponse. Ça ne veut rien dire. Quelque chose vient de lui traverser l'esprit. Elle me regarde avec méfiance, ajoute :

– Tu nous hais donc tant ?

Et si j'étais du genre à devenir violente ? Et si j'avais idée de les trucider tous ? On parle de ces choses-là dans les journaux. L'épisode du couteau a-t-il eu lieu à la même époque ? Je ne me souviens plus.

De ce jour elle lira les livres que je lis. Ils sont trop avancés pour mon âge, dit-elle. Ça finira par me faire exploser le carafon. Mais elle aura l'intelligence de ne m'en interdire aucun. À quatorze ans, je changerai de carrière et reviendrai vers mon vieux piano. Ça ne laisse pas de traces. Pas un piano d'études, juste un bastringue que ma mère a déniché dans une vente aux enchères. Bach. Chopin. Mozart. Des heures. Des journées entières. Je me noierai là-dedans pour pouvoir tenir. Mon instrument sera mon arme. Un grand amour pour Schubert me viendra quelques années plus tard. Je continuerai le rêve commencé par ma mère qui a pianoté quand elle était gamine. Elle n'a jamais dépassé la *Lettre à Élise*.

9

Écrire.

Est-ce que l'écriture m'est venue comme on se cache ? C'est une hypothèse. Toujours est-il que c'est venu. C'est tout.

La porte de ma chambre devait rester ouverte. Si j'avais le malheur de vouloir me barricader, c'étaient des cris.

– T'en as de bien vilaines choses à cacher pour t'enfermer comme ça ! Ouvre ta porte sinon tu auras froid !

Je me lève. J'entrouvre ma porte de chambre. La pièce est chauffée par la cuisinière à charbon installée dans la cuisine contiguë.

– Encore ! Faut laisser passer la chaleur !

À contrecœur, j'ouvre ma porte en grand. Mes grands-parents sont assis de part et d'autre de la table de la cuisine. Ils jouent à la canasta. Je voudrais une chambre à moi. Une chambre pour y écrire et y rêver, comme Virginia Woolf. Je donnerais tout l'or du monde pour pouvoir me boucler à double tour.

10

Aussitôt libérée des miens, j'explose.

Je commence à écrire parce qu'il y a une colère en moi et qu'il faut la faire sortir. Il faut que je me lâche. Il y a une rage contre la famille, la société, l'école, contre tous ceux qui veulent vous bizuter, tous ceux qui veulent vous mater, tous ceux qui veulent vous contrôler. Ce que je pense du monde, j'ai bien l'intention de le dire haut et fort. De voir les autres se faire des risettes par-devant et s'étriper par-derrière m'est pénible. Le double langage m'est douloureux. Les mots s'entortillent, mais jamais ils n'ont la transparence de l'amour. Les mots sont de la boue. Vrai de vrai, ce n'est pas un carafon ma tête, c'est le cratère énorme d'un énorme volcan prêt à tout embraser. Chaque fois qu'une contrainte m'empêchera d'écrire, je fuirai. Je quitterai des hommes, des pays, mon travail, mes obligations pour pouvoir écrire. Jusqu'à un âge avancé, l'âge de ma première publication, personne ne saura rien de tout ça. Ma grand-mère l'a toujours considéré comme une passade. Marco sera le seul à partager mon secret. Ma famille, mon entourage, mes collègues de travail l'ignoreront pendant des années. L'omerta pour qu'on me foute la paix. Qu'on ne vienne pas fourrer son nez dans mes secrets. Pendant la plus grande partie de mon existence, j'aurai une vie en surface et une seconde, souterraine : l'écriture. Jusqu'à trente-huit ans, je serai deux. C'est un peu fou et complètement schizophrène.

Je fréquente les cafés tranquilles de La Rochelle. Je prends deux petits noirs que je fais durer. Les serveurs s'en balancent. La France est gentille dans ces années-là. On peut traînasser une journée entière contre deux sodas. On est sympa avec le patron, on fait connaissance, on raconte ses petites misères et c'est marre. Devant moi, je dispose quelques feuilles quadrillées. Un carton à dessin à ramages verts dans lequel je glisse ce que j'ai noirci.

Je me rends souvent dans un boui-boui qui donne sur l'écluse. La patronne m'a remarquée. Je crois qu'elle m'a à la bonne. Un jour, elle a un client un peu particulier. Un client qui m'a repérée. Elle m'apporte un café que je n'ai pas commandé.

– Elle fait ses petites études, hein ?

– Oui, madame.

– T'as faim ?

– Oui.

– Il y a un monsieur, là. Il est prêt à te payer ton repas. Il t'invite au bar à venir boire le champagne. Allez ! Sois pas timide ! Viens !

Elle me fait un clin d'œil appuyé. Je comprends

qu'après le repas il y aura le reste. La chambre à l'étage. Je me lève d'un bond. J'attrape ma cape, mes feuilles, mon carton à dessin et m'enfuis à toutes jambes. Je me revois courir dans les rues. Il fait nuit. Je ressens un mélange de honte et de rage. Je ne remettrai jamais les pieds dans ce café.

Ma citadelle de mots m'aidait à tenir bon et je ne déserterai pas ma citadelle. Écrire m'a toujours aidée à percer les apparences et comprendre les choses telles qu'elles sont dans leur vérité et pas seulement telles qu'on voudrait qu'elles soient. Écrire, ce n'est pas seulement entretenir la galerie en commençant par il était une fois. Écrire, c'est mettre des lunettes spéciales qui vous font voir et dire ce que les autres ne peuvent pas entendre dans la confusion de leurs vies pressées. L'artiste qui s'engage avec son travail dans un corps à corps où il sait qu'il laissera inévitablement des plumes a le devoir de dire la vérité. Il lui faut gratter là où ça fait mal. J'ai dix-huit ans et les miens sont mon mal. Nous vivons dans un mirage où rien n'est jamais dit. Et même si la terre s'ouvrait sous nos pieds, rien ne serait dit. On continuerait à faire comme si, comme si rien ne s'était passé, comme si tout allait bien madame la marquise. On continuerait à vivre des vies de carton-pâte en se faisant risette. On glisserait sur la surface des choses. On ne poserait jamais les questions qui dérangent ni celles qui écorchent les belles apparences. Jamais. Garder la face. Toujours garder la face.

Je viens d'une petite bourgeoisie de province coincée, cupide, envieuse, raciste. Flaubert est toujours d'actualité dans ce monde-là. Un monde où les Homais, apothicaires de village, à Yvetot ou Matha, se pavanent en basse-cour. Des Homais, il y en a plein mon entourage. La même morgue, la même bêtise. Quant aux petites cousines d'Emma, elles se morfondent toujours autant dans leur France profonde. L'ère de l'informatique n'y a rien changé. Elles prennent des amants. Elles ne divorcent jamais. Jamais. Elles se sont mariées sans amour un jour d'autrefois à des notables ennuyeux. Faut dire que l'amour n'est pas requis quand deux malfaiteurs s'acoquinent. Et la vie passe sans rien autour. Les enfants naissent. Les enfants grandissent. Les enfants partent. Et la vie est toujours là qui vous nargue de son vide. Les hivers sont si longs dans nos campagnes. La frustration envenime le quotidien. Cruella tourne rance et Charbovari ne bande plus. Et l'inavouable frustration vous en fait faire d'inavouables choses.

En devenant écrivain, je veux prendre la parole, la saisir, m'en emparer, faire entendre ma voix, faire hurler haut et fort le silence des familles. Quitte à ce qu'on me claque les portes au nez. Quitte à me faire chasser. Je n'ai jamais prêté obéissance à la tribu. Je n'en ai jamais respecté les lois, les hiérarchies, les bassesses et les mensonges. Les familles assassinent. Les familles exilent. Je veux donner voix aux sans-voix, aux vaporisés, aux oubliés. À ceux qu'on a rayés des registres. À ceux qu'on a mis au ban des Noël. À ceux qui n'ont plus ni anniversaire, ni bougies, ni âge. Je m'adresse ici aux morts et aux vivants, aux vivants qui sont plus morts que les morts.

J'étais traître à la cause. Je le resterai. L'artiste doit se garder, dans la mesure du possible, du piège des systèmes et des institutions. Avoir un pied dedans et un pied dehors, je n'y crois pas. On se compromet vite sinon. Autant dire avoir un pied dans la tombe. Le prix à payer est lourd. J'ai dix-huit ans. Je ne veux pas entrer dans le rang. Je plierai, plus tard, malgré moi : les hommes me feront plier, la peur du lendemain me fera plier. Mais je bazarderai tout pour pouvoir marcher tête haute. Être glorieuse à nouveau. Ce mercredi du départ, j'ai dit non. J'ai dégringolé sans le savoir dans l'échelle sociale. Je dégringolerai plusieurs fois de cette échelle. Peu importe. Si je devais le refaire, je le referais au détail près : les sabots, les cartons, la cavale. Les pièges où on est tous censés tomber avec l'âge, je réussirai à les éviter. La vie, ce n'est pas forcément calmer ses ardeurs de jeunesse pour suivre le sentier. Allons z'enfants. Ça demande à slalomer, mais on arrive à passer entre les mines avec un peu de flair. Il y en a qui veulent y arriver à tout prix, quitte à bouffer son prochain, quitte à trahir ses amis. Il y en a qui veulent avoir une situation en vue, engraisser leur compte en banque, aller serrer les pinces dans les cocktails, se faire un nom, eh bien là, suffit de rien vouloir.

11

Écrire.

Je m'étonne chaque jour de ce miracle renouvelé, de cette grâce qui me fut faite. Si difficile soit la vie, je songe à elle, l'écriture, et je sais qu'elle est là, ma compagne. J'ai grandi avec elle. Je me suis construite avec elle. J'ai mûri avec elle. Je me suis sauvée grâce à elle. Je n'ai pas enterré le talent qui me fut donné. J'ai entendu la parabole. Or je n'y suis pour rien. C'est une bénédiction. Rien ne me prédestinait à écrire. Mes grands-parents ainsi que mes parents avaient quitté l'école tôt. Je ne viens pas d'une famille d'intellectuels, vous l'aurez compris.

Lire.

Très vite, très jeune, j'emprunte à droite à gauche. Des copines d'école plus rancardées me refilent du substantiel. « Familles, je vous hais » devient mon credo. Je suis touchée au cœur par *Les Confessions* de Rousseau. La philosophie ne me rebute pas. Je m'attaque à Bachelard après avoir vu une mémorable interview de lui à la télévision. Il vit en rase campagne. Derrière sa fenêtre qui ouvre sur un champ fraîchement labouré, un arbre immense se dresse, solitaire. J'entends encore sa voix rocailleuse parler de cet arbre, bras tendus vers le ciel, le décrire, l'aimer de toute son âme de paysan. Bachelard était un paysan. Je me souviens de l'époque heureuse d'une télévision intelligente qui jouait son rôle éducatif. On y entendait des écrivains, pas des clowns. On leur donnait le temps de s'exprimer. Cette télé-là m'a fait découvrir les romans de Bazin. De Dickens. De Balzac. Alice Sapritch y tenait les premiers rôles. Comme je dévore tout, je ne manque aucun magazine non plus. Ma grand-mère est abonnée au *Petit Écho de la mode*. Il y a là-dedans des extraits de romans pas mal ficelés qui racontent la vie des mineurs en Angleterre. C'est bien fichu et ça me crève le cœur, l'histoire de tous ces gars qui creusent la terre pour trois sous.

Pour le reste, personne ne me dit : ça, tu vois, c'est bien écrit, ou ça, c'est le genre de chose qu'il ne faut pas faire. Personne pour me conseiller. Alors bien sûr, comme nos conversations ne tournent pas autour de l'existentialisme, mais qu'on s'épanche avec force cris sur la finale de rugby et les passes de Spanghero, je pataugerai longtemps. Et comme je viens de Saint-Plouc sur Gironde, et pas de Paris, ça m'arrangera pas mes affaires. Paris, c'est chasse gardée. Être admis dans le saint des saints, c'est permis à tout le monde, pense-t-on couramment. Disons que si le système ne vous a pas étouffé dans l'œuf, on y arrive éventuellement. Mais autant le dire sans ambages : c'est le parcours du combattant. Il me suffit d'un bref regard sur la course de ma vie pour affirmer que ce n'est pas tant le choix que l'absence de choix qui grignote vos chances de réussite. La donne est truquée d'avance. Origine sociale. Niveau d'études des parents. Environnement culturel. Gènes. Naître homme. Naître femme. Et basta. Le tour est joué. Le destin s'engage dans un sens plutôt que dans l'autre. Et il s'engage toujours trop tôt. Il se peut parfois qu'on nous ouvre une porte avec un peu de chance et la complicité du hasard, ou parce qu'un étourdi a oublié de la fermer et qu'on s'est faufilé à temps, mais tant d'autres portes resteront verrouillées. Appartenir au bon réseau est une chose : on brûle les étapes en échappant à de fastidieux préambules. Quand les amis des amis vous recommandent, on gagne un temps précieux. Encore faut-il avoir des amis. Encore faut-il savoir qu'il y a des réseaux. Des chapelles, des coteries. À Paris, il n'y a que ça. N'entre pas qui le voudrait dans ces cercles. Si vous n'avez pas de bons parrains, le chemin sera rude. Que de barrières ! Que de murs ! Quel misérable poids pèsent l'effort et le talent face aux systèmes où les courtisans rodés à tous les coups bas font jongler leurs privilèges. Choisir d'écrire quand on vient de nulle part, c'est payer le prix de l'exclusion. Mais le plus difficile reste encore à faire. Car écrire, c'est surtout dépasser son savoir au point de subvertir les normes imposées par les saints patrons. Elles vont de la langue de Gide dont on tire de mémorables dictées, celle de la jacinthe que ma grand-mère me faisait refaire vacances après vacances et dans laquelle elle dénichait toujours des fautes, toujours, à la langue salonarde où l'on jouit d'accorder sans fausse note ses imparfaits du subjonctif. Elles sont un mélange d'école et d'académisme puant. Elles cultivent un goût réac pour l'âge d'or où les écrivains savaient encore écrire. Une époque disparue comme vous l'aurez compris. À bon entendeur, salut. Subvertir ? Bien sûr qu'il faut être subversif. Prendre la langue, la tordre et la faire sienne. Encore faut-il s'y autoriser. Dire non et imposer sa voix. Les complexes de classe se retrouvent inchangés dans le monde de la pensée. On se trouve alourdie d'une autre pierre au cou quand on naît femme. Venir d'un milieu qui n'a jamais eu accès au savoir demande de faire seul le parcours que les aînés n'ont pas fait avant nous. Nous n'avons pas tous les mêmes chances dans cette course d'obstacles. Je veux le redire. On oublie trop vite ces choses-là. L'histoire du lièvre et de la tortue m'a toujours laissée rêveuse. Ce n'est pas souvent que les premiers de la classe, déjà dotés par leurs aïeux, leurs origines ou leur caste d'un capital intellectuel – sans effort, ils sont nés intellectuellement nantis comme d'autres le sont financièrement –, s'endorment à l'ombre d'un chêne pour céder leur place aux tortues méritantes. Les grosses têtes, je les avais côtoyées en bio math sup. Au bout d'une semaine, la sélection s'était déjà faite. Un mois plus tard, l'écart qui s'était creusé donnait le vertige. L'écriture est une activité plus perfide dans la mesure où elle donne l'illusion d'une apparente facilité. L'accès s'en trouve ainsi faussement démocratisé. Or l'élite, ou pour appeler un chat un chat l'aristocratie intellectuelle, celle qui ne s'imagine pas évoluer ailleurs que dans la capitale, au cœur de l'événement, n'a jamais déroulé le tapis rouge aux sans-nom. La concurrence est rude et les places restent chères. On vous y accueille avec haine. On vous en chasse au premier faux pas. Avis aux amateurs. Passée l'étape du bien-écrire, passée la méritocratie du beau style, il vous reste encore tout à faire : non seulement piétiner ce qui freine, le complexe du petit boursier ainsi que sa condition de femme, mais encore subvertir les canons imposés par la tradition et l'école, aller vers son ailleurs et s'y vautrer à l'aise toutes ailes déployées. Facile à dire. Moins facile à réaliser. Les censeurs guettent.

À dix-huit ans, je ne sais rien de tout ça et c'est une bonne chose. En avoir conscience me couperait les ailes. La liberté de mes premiers textes, il m'a fallu longtemps pour la reconquérir presque par hasard. Je ne savais même plus où j'avais planqué ma jeunesse. Je suis tout de même loin d'imaginer que je viens de m'embarquer pour un voyage passablement compliqué fait de hauts et surtout de bas. Je suis dans les cafés et j'écris. Je ne vois rien de ce qui se passe autour de moi, j'écris. Je ne fais que ça. Et tout de suite, ça devient ma vie. Tout de suite, ça devient ma raison d'être. Cette zone où je vais me cacher la tête et où personne viendra me la chercher.

12

Marco travaille sur le chantier de l'arsenal.

Il a une demi-heure de pause à midi. Je rejoins Rochefort en stop. Les autres gars me reluquent en se poussant du coude. On s'installe à l'écart pour se bécoter. Le soir on se fait inviter à manger ou on ne mange pas du tout, ce qui est cinq jours sur sept notre ordinaire. On squatte chez Didine. Je passe mes journées dehors pendant qu'elle reçoit son mec. Je vais d'un bar à l'autre en attendant qu'ils aient fini leur affaire. Je rencontre plein de gens bizarres et pas fréquentables qui zonent comme moi, mais ils sont sympas dans l'ensemble, même s'ils n'ont pas l'air fréquentables. L'air, ça ne veut rien dire. Marco va chez ses parents pour s'habiller de propre. Sa mère lui lave ses cottes. Moi, je n'ai pas droit de cité. Moi, je suis la maîtresse. La traînée.

On nous a donné un tuyau pour louer un appartement. Le copain d'un copain connaît le proprio. Le type demande un prix raisonnable. C'est improvisé, mais on vit enfin en ménage. À la colle, disent les uns. En concubinage, disent les autres. Pas des mots très heureux. Je suis soulagée d'avoir un toit parce que la rue, j'en ai ma dose. L'hiver s'éternise. Passer toute une journée dehors sans pouvoir se poser, faire ce qu'on a envie de faire, sans regard qui épie, c'est difficile. Il n'y a jamais de repos possible dans la rue.

Bref. Nous sommes dans nos murs.

Le proprio et sa femme logent de l'autre côté de la cloison. Ils ont vue plongeante sur la rivière. Nous, on loge à l'arrière. On a vue plongeante sur la ruelle. Leur intérieur est bourré à craquer de meubles anciens. Il y a de jolies assiettes charentaises dans un buffet charentais. De beaux tissus dans les bleus aux fenêtres. Des parquets de chêne qui sentent bon la cire. Des bergères dans un angle. La Charente coule, placide et boueuse, de l'autre côté des vitres. On se croirait dans un magazine déco. Dans notre piaule à nous, il n'y a rien de l'autre côté des vitres, juste le grand mur de l'immeuble d'en face qui nous bouche l'horizon. Quand on n'a pas d'argent pour arranger gentiment sa tanière et se faire un petit nid d'amour, c'est très vide un appartement vide. Ce n'est ni zen ni tendance, juste vide. On se dégotera un matelas qu'on jettera à même le plancher, un réchaud à gaz, des assiettes en Pyrex et des couverts. Marco piquera deux casseroles en alu à sa mère. Nous n'avons pas même de chaise. Notre tourne-disque est notre seul luxe. On écoute Jo Cocker et Bob Dylan. On mange des trucs en boîte. Tant qu'on n'aura pas de télé pour faire la conversation à notre place, on s'aimera. On se raconte nos bonheurs et nos malheurs du jour par le menu. C'est notre petit cinéma. Je ne parle jamais d'écriture. Marco ne veut pas savoir. Et moi, je ferme les yeux à cette vérité, son indifférence à ce qui est déjà ma vie.

Lui m'explique le chantier. Leur boulot est dur en comparaison de ce que j'ai connu. J'ai bien bossé au marché de Bordeaux pour conditionner des barquettes de légumes entre quatre heures du mat' et midi, mais c'était le Club Med en comparaison. Marco côtoie un monde dont j'ignore tout. La misère que mes grands-parents avaient vécue en Australie, ils me l'avaient épargnée. Ma mère leur versait une petite pension qui couvrait mes dépenses. Nous mangions à notre faim. Le potager dépannait trois saisons sur quatre. Et ils étaient propriétaires de leur maison. C'était énorme. Le monde de Marco est tout autre. C'est le monde de l'usine, des HLM, des fins de mois qui commencent le 10, des estomacs creux, des trois pièces où l'on s'entasse à dix, des envies de tout plaquer. Tous les samedis le rêve du tiercé gagnant. La pensée qui galope. On va changer de vie. Les enfants auront leur chambre. On partira en vacances. Et tous les samedis le rêve en miettes. Pourquoi moi ? Pourquoi c'est toujours moi, le tocard ? Juste le lundi matin qui repointe son museau à la porte de l'usine. Et l'espoir d'un nouveau samedi où la chance finira bien par tourner. En dix-sept ans, je n'ai fréquenté que des minets bien astiqués qui finiront ingénieur, ou chef d'entreprise, ou directeur de banque. Les minettes, elles, finiront maquées avec les gonzes susmentionnés. Dans tous les cas de figure on les retrouvera en haut de la pile, là où je m'apprêtais à grimper. Des héritiers et des héritières qu'ont aucune idée de ce qui se passe à l'autre bout de l'échelle chez les pas-chefs. Il y a pourtant des maçons qui ont monté leurs murs, des plombiers qui ont installé leurs tuyaux, des menuisiers qui ont posé leurs parquets, des mains anonymes qui ont astiqué leurs buffets, lavé leur carrelage, blanchi leur linge, récuré leurs chiottes, dépoussiéré leurs vases de faïence ancienne, les tripes nouées à l'idée d'en casser un. Il y a toute une activité souterraine qui rend leur vie vivable. Une armée de fourmis ouvrières qui grouillent sous la surface du réel et charroient jusque dans leurs nids de riches des boîtes de conserve, des chaussures, du papier. Marco sait tout ça. Il le sait mille fois mieux que moi. Sa mère faisait des ménages. Son père était à la chaîne chez Citroën. Lui, il est ouvrier du bâtiment. Ouvrier, quoi. Il me raconte les insultes des chefs de chantier, le mépris dans les yeux de l'architecte, la morgue des propriétaires. Il me raconte l'alcool, la dope, la rapacité des gros, les jours de maladie pas payés, l'insécurité des échafaudages, et si tu te casses la jambe, c'est pour ta pomme. Et pas de syndicat où se plaindre. C'est ce qui était arrivé à mon grand-père, le plâtrier. Il avait chuté de son échelle et le chirurgien l'avait immobilisé dans un corset. Il avait alors fermé boutique. Pas d'autre choix. Heureusement qu'il avait ses loyers pour survivre. Entre le monde des chefs et celui des pas-chefs, il y a un gouffre. C'est deux univers qui s'ignorent et continueront de s'ignorer aussi longtemps que le monde sera monde. Flaubert et Zola peuvent revenir. Ils ne seront pas dépaysés. Comme s'il y avait les puissants et les autres. Et que la Terre tournait juste pour les premiers. Encore heureux que le soleil ne se lève pas seulement pour les riches.

Je lui en suis reconnaissante à Marco d'être entré dans ma vie. D'abord pour le trop-plein d'amour qu'il me donne et puis, sans lui, j'aurais fini minette en chef et je n'aurais jamais eu la chance de comprendre ce qui se passe ailleurs que dans mon monde de belles images où l'on ne fait pas le rapprochement entre la baignoire et le plombier. Je prends conscience avec douleur que je suis née dans une classe sociale privilégiée. J'en ai honte. J'ai honte d'appartenir au clan des bourgeois mafieux. Ceux qui exploiteront toujours le travail d'autrui. Ceux qui bandent pour le profit. Ceux qui s'enrichissent de la misère. Ceux que ne gêne pas l'injustice sociale. Mon premier bulletin de vote ira aux partis de gauche. Les suivants aussi. Cette conscience de classe me poursuit. Aujourd'hui encore je débarrasse mes gestes et ma langue des mots, formulations, références qui excluent. Je ne veux pas écrire dans la langue des maîtres. Je ne veux pas de la raideur salonarde. Je ne veux pas non plus d'un populisme racoleur. Socialement déclassée, j'ai opté pour une langue déclassée.

En juillet 1997, à quarante et un ans, je quitterai la France. J'aurais pu attendre d'avoir fait mon trou dans mon pays natal, mais je suis d'une nature impatiente. Quand on sort de son rail, quand on laisse sa terre, quand on abandonne le cercle où les questions s'emboîtent un peu trop parfaitement avec les réponses, quand on renonce au confort du pays, de la langue maternelle, des réseaux de connaissances et d'amitiés, on se retrouve bien seul. On a beau regarder, de repères, il n'y en a plus bézef. En d'autres termes, ça s'appelle : devenir un petit immigré. Un petit Arabe. Un petit Kurde. Un petit Soudanais. On apprend à faire la queue sans broncher dans les administrations. On prend son numéro comme tout le monde au bureau d'aide sociale. On devient étonnamment zélé quand l'employé aux écritures vous fait répéter trois fois votre nom. On repart de zéro. On n'est rien. Ce n'est pas gagné d'avance, mais ça vaut le déplacement. Pourquoi, me direz-vous ? Eh bien quand on abandonne sa routine et ses indécrottables réflexes, on peut enfin regarder le monde sous une lumière si violente qu'on se rend compte avec tristesse qu'on s'était jusque-là contenté de pianoter sur la surface du réel. On croyait être le roi du pétrole, avoir son existence bien en main, avoir trouvé la planque, s'être fait des relations utiles, avoir décodé les arcanes du système D, avoir harponné un partenaire inamovible, bref, tenir fermement les rênes de son attelage. Mais quand on traverse le miroir aux apparences, adieu la charrette. Il n'y a plus rien à quoi se raccrocher. Rien. Dire qu'on croyait savoir, quand on ne savait rien, à mille lieues d'imaginer que la disgrâce qui était celle d'autrui hier, serait aujourd'hui la nôtre. Comment a-t-on pu être si longtemps aveugle, puisque les choses étaient là, près de nous, si visibles et pourtant si invisibles ? Notre compréhension du monde est tristement limitée. La lecture ne nous ouvre malheureusement ni les yeux ni le cœur. Seul l'affrontement avec le réel nous sauve. Il est impossible de saisir la complexité des situations qu'on n'a pas vécues. Et si la tête comprend, le cœur reste en rade. Le temps, l'expérience de nos limites et l'épreuve de force avec autrui me l'ont prouvé. Partir et se déraciner, c'est gagner du temps. C'est capter ce qu'il nous aurait fallu trois vies pour comprendre.

Avoir rencontré Marco fut du même ordre.

Un gain de temps extraordinaire et une fantastique épreuve de conscience. Ce fut avant tout une chance, une grande chance. Je pouvais enfin retourner l'univers comme un gant pour visionner ce qui se tramait en dessous. Ce n'est pas souvent qu'on a l'opportunité de quitter le rail. Généralement quand on embarque, on en prend jusqu'à la retraite. On a un job, une famille, une routine et puis un jour vient, toujours plus vite qu'on avait prévu, et on nous pousse dehors. C'est fini. Il y a un pot de départ. Bonne retraite, vieux ! disent les collègues. Voilà. Une vie est passée. Le lendemain le réveil ne sonne pas. Un mois plus tard on se fait moisir, alors on s'enfourne avec d'autres vieux dans un bus pour l'Espagne, ou dans un Boeing pour Tahiti. Et la vraie vie commence. Enfin, façon de parler. Mieux vaut s'y mettre plus tôt. Il y a beaucoup à décortiquer, et une existence y suffit à peine.

13

La Charente est une belle rivière tranquille.

Juste au-dessus de chez nous passe un grand pont qui l'enjambe. Notre maison se trouve au pied du grand pont. Plus loin s'étend un fouillis de roseaux, d'herbes hautes, de canaux envasés et de gros bateaux qui folâtrent dans le marais avec l'air d'être tombés du ciel. Des troupeaux de vaches sable broutent flanc contre flanc dans la verdure. Je rêvasse au bord de l'eau, mon cahier sur les genoux. L'odeur du large me donne envie de manger des huîtres. Les gens du cru se demandent bien ce que je fais comme ça à glander, parce qu'en général ce sont les peintres qui s'installent au bord des rivières pour barbouiller d'immondes croûtes qu'ils présenteront à l'exposition de l'Amicale. Au fond, c'est bien nul la campagne. On croit qu'on va avoir une paix royale et respirer le bon air. En fait de paix royale, les vieilles vous reluquent, ça bavasse, ça épie. En quatre jours, elles sauront tout de moi. Moins d'une semaine plus tard, j'arrêterai le bord de l'eau.

Une chanson de Barbara que j'écoute jusqu'à la nausée me trotte en tête. *Le mal de vivre/Que l'on doit vivre/Vaille que vivre.* Le malaise est contagieux. Il me perce jusqu'aux os. Si je vois ma vie comme une traversée du désert entre deux chaos, c'est un parcours non fléché qui manque de sens. Si j'en cherche un autour de moi, je n'en trouve aucun dans les modèles qui me sont présentés : ni la sacro-sainte maternité, ni la réussite sociale, ni la vie de famille, ni même la vie de couple. Où se cache donc le bonheur ? Il n'y a que l'écriture qui réconforte, compense, berce, offre protection et salut. Le bonheur y vient par flashes. J'écris en présence de Marco. Il a accès à cette impudeur. Il ne me dérange pas et je ne le dérange pas non plus. Je n'ai pas encore de machine. J'écris à la main, en silence. Et puis même s'il me dérangeait, je n'ai pas trop le choix puisque nous vivons l'un sur l'autre. J'attends qu'il s'endorme. De le voir dormir m'apaise et m'inspire. Le lieu est si minuscule que nous n'avons pas à nous chercher longtemps et, de la table, je peux entendre son souffle régulier et m'enivrer du grand sommeil qui irradie de lui.

Une fois le loyer payé, il ne nous reste rien ou presque. On gratte encore un peu plus sur la bouffe. Personne ne nous tend la main. Ni la famille de Marco ni la mienne. Notre quotidien se constitue de boîtes de conserve et de demi-baguettes qu'on paie en pièces de cinq centimes patiemment économisées. Il manque souvent cinq centimes pour faire un compte rond. La première chose que Marco me demande le soir, c'est si j'ai mangé. Nous partageons ce que j'ai fait réchauffer, des nouilles, beaucoup de nouilles. Des boîtes. Des quenelles en boîte. Des raviolis en boîte. Marco parle peu. Il est vanné. Il tousse. Son haleine sent la térébenthine. Sa peau est cuite par la crasse des toits. On lui a encore collé les plus sales boulots. Un esclavage qui ne dit pas son nom.

– Pourquoi ?

Chaque soir je lui pose la même question. Chaque soir, je le vois un peu plus usé.

– Qu'est-ce qu'ils te veulent ? Qu'est-ce que tu as fait ?

Marco a le don d'analyser les situations avec philosophie. Il n'aime pas se laisser dévorer par la haine :

– Tarceau m'a dans le nez. C'est tout. C'est une raison suffisante avec des salauds pareils. J'ai suggéré qu'on pouvait faire tourner le ponçage. Il m'a dit que s'il avait besoin de conseils d'expert, il me ferait signe. Il aurait mieux valu que je ferme ma gueule. Je crois que j'ai repris une semaine de travaux forcés…

Parfois je pleure. Marco n'aime pas me voir pleurer.

Il dit :

– Tu verras. On s'en sortira. Il y a plus à plaindre que nous, va. Nous ne sommes pas à la rue. On a de quoi manger et un toit, c'est l'essentiel.

Faire l'amour ? Nous n'en avons pas la force. Nous nous prenons la main à la place et Marco me serre dans ses bras à m'étouffer.

Contrairement aux prédictions, la difficulté nous soude. Marco et moi, nous sommes seuls. Nous n'avons pas d'entourage, des gens normaux qui nous diraient que notre histoire n'a rien d'extraordinaire. Mes grands-parents me persuadent que nous avons triché. Comme on fait son lit, on se couche. Il est temps de payer. Alors j'écris. J'écris de plus en plus. De mieux en mieux. Les familles me fascinent. Les familles m'horrifient. C'est une structure diabolique qui phagocyte et élimine l'opposant. Le crime parfait. C'est une machine bien rodée qui démultiplie papa en petits d'homme. Dieu a créé l'être à son image. Papa fera de même. Je ris de me voir si beau en ce miroir. Mes premières nouvelles sont des pastiches. Nathalie Sarraute est ma grande idole. J'ai conscience qu'il me faut être moi, pas elle, mais ça m'aide comme un tuteur aide un arbre à grandir. J'aime la manière dont elle a mis en boîte des snobinards qu'elle a côtoyés de près. Proust à la sauce versaillaise. Je reconnais chez Sarraute l'art du double langage que les miens pratiquent comme un sport de haut niveau. En gros se dire des vacheries avec de grands sourires. L'écriture est ma famille. L'écriture est ma religion. Elle calme mes peurs.

On a vécu longtemps comme ça dans des endroits pourris, si petits qu'on ne pouvait pas se bouger. On ne s'est jamais plaints, parce qu'on s'aimait comme ce n'est pas permis. On ne se fâchait jamais. Et si on se disputait, c'était pour des riens, mais on ne se réconciliait jamais sur l'oreiller. Le coup de l'oreiller, c'est juste baiser pour oublier comme il y en a qui picolent pour oublier. Oui, il suffisait qu'on se regarde, on se faisait des chatouilles, on disait : tu m'aimes encore, hein ? Tu m'aimes ? Et voilà. On s'aimait à nouveau. Marco et moi, on s'est aimés, on s'est beaucoup aimés, on s'est aimés à la folie. Après la vie s'est chargée du reste et je suis partie vivre ailleurs pour d'autres raisons, mais pas parce que je n'aimais plus Marco. Le premier homme de sa vie, on l'aime à vie. Après, c'est bizarre, mais aucune autre histoire n'est la même en comparaison. Rien ne sera aussi évident que ce premier amour l'était. On n'entendra plus jamais le bruit de sa clef dans la serrure, quand la nuit redevient la nuit et que les heures redeviennent légères, quand la vie retrouve son goût parfait parce qu'il est là enfin, qu'il n'a pas eu d'accident, c'est d'ailleurs fou comme, dans nos pires attentes, les voitures ont tendance à aller se jeter au cou des platanes. Le cœur se calme, l'attente prend fin et l'on plonge à deux dans un lourd sommeil d'enfant. Quand on pense au premier homme de sa vie, on ne regrette pas seulement sa jeunesse, on regrette aussi sa folie. C'est pourquoi les vieux couples n'arrivent pas à se séparer même s'ils ne peuvent plus se sentir. Parce qu'ils se souviennent de ce qu'ils furent et que l'autre, même rabougri et acariâtre, c'est tout de même l'être unique qu'ils ont aimé et que rien ni personne ne pourra jamais remplacer. Oui, heureux, nous l'étions. Nous voir nous remplissait d'extase. Nous embrasser nous remplissait d'extase. Le sourire de Marco était l'extase. Faire l'amour était extase. Et d'y repenser aujourd'hui me remplit d'une tristesse sans nom. On se demande toujours pourquoi la vie vient bousiller les belles histoires. On devrait pouvoir les mettre sous verre et les ressortir de temps à autre pour les regarder en cachette.

14

Ma grand-mère a une fois encore profité de mon absence pour razzier ma chambre. Elle veut des indices, des preuves de ma trahison, des lettres, un journal intime avec un peu de chance. Pourquoi les ai-je abandonnés ? Pourquoi ? J'étais donc si malheureuse ? Après tout ce qu'ils ont fait pour moi ! Ce jour-là, elle est venue me chercher à la gare de Pons dans sa petite Dauphine rouge. Mon grand-père l'a accompagnée. Lui ne dit rien. Elle jubile sans rien laisser paraître. Aussitôt sommes-nous arrivés qu'elle me traîne dans la cuisine. Un livre est posé sur le buffet :

– *Lettre ouverte aux femmes*, dit-elle en brandissant le coupable. C'est donc avec ça que tu t'es monté le bourrichon ?

Elle agite l'ouvrage de Françoise Parturier qu'elle a déniché au fond de mon armoire. Le féminisme travaille les esprits, et le mien aussi. Je lève les yeux au ciel. Je suis raide amoureuse et Françoise Parturier n'y est pour rien.

– Tu as tellement changé. Dire que tu as abandonné

tes études ! Une fille intelligente comme toi. Abandonné tes ambitions pour vivre à la colle avec un margoulin !

Cette fois-ci, je lève le menton, menaçante. Elle m'agace. Marco, elle est systématiquement contre de toute façon.

– Fais pas ta fière !

– Arrête !

– Ton seigneur et maître, il t'a à sa botte. Il ordonne et tu obéis.

Quand elle parle de Marco, ma grand-mère dit toujours : ton seigneur et maître.

– Arrête bon sang ! C'est pas mon seigneur et maître !...

Je voudrais m'en persuader. Je répète plus fort :

– C'est pas mon seigneur et maître !...

Oui, j'aurais voulu que telle fût la vérité. Mais telle n'était pas la vérité. Je me revois dans la maison des bords de Charente. J'ai laissé tomber mes études. J'écris. Je lis. La vie est belle. Et pourtant il y a comme un hic. Et ma grand-mère le pointe du doigt chaque fois qu'elle me voit. Non, je ne brille pas par mon esprit d'indépendance. Quand j'observe certaines jeunes femmes d'aujourd'hui, je me revois.

Depuis que j'avais des oreilles pour entendre, on me rabâchait qu'une femme doit gagner sa croûte sans la mendier à un homme. Ta grand-mère par-ci, ton arrière-grand-mère par-là. Et ton autre arrière-grand-mère. La

Caroline. Ce n'était pas rien. Et ta mère. Ah ! ta mère… elle a beaucoup de défauts, mais pour ce qui est du travail, on ne peut rien lui reprocher !… À l'agence du lundi au samedi. Pas un seul jour de vacances… Dure à la tâche, et toujours le sourire… Si ma mère et ma grand-mère avaient beaucoup de différends, sur ce plan, leurs violons s'étaient toujours accordés. Elles n'avaient jamais dépendu ni d'un père ni d'un mari. Faut pas être à la traîne d'un homme, qu'elles me serinaient à tour de rôle. Et toi, tu prends un mauvais départ. Elles ont raison. Je ne sais pas encore qu'elles ont raison.

J'avoue que je m'en battais l'œil de toutes ces vieilles qui jaunissaient sur des photos d'un autre âge, toutes ces vieilles qui avaient mené leur vie tambour battant. Continuer ses études. Être indépendante financièrement. Ne pas l'être. Opter pour la vie de couple. Préférer rester chez soi pour le plaisir de mijoter un bœuf miroton. Quelle différence ? Était-ce vraiment si important ? On en faisait bien du raffut pour pas grand-chose. J'avais feuilleté Simone de Beauvoir. J'avais lu Françoise Parturier. La libération de la femme, oui, c'était une bonne idée sur le fond, mais qu'est-ce qu'elles voulaient exactement, ces féministes ? Où était le problème ? Est-ce qu'on n'était pas tous égaux sur terre, hommes et femmes ? Je ne comprends tout cela que maintenant. Combien de fois me la suis-je redite cette phrase depuis que j'ai entrepris la rédaction de ce texte ? Ma mère et ma grand-mère m'abreuvaient de recommandations dont le sens m'échappait. Être indépendante… Gagner sa vie… Conquérir sa liberté… Ne pas dépendre d'un mec… Ma mère, quand elle était en pétard contre mon père, disait : un mac. Lui, tout ce qu'il avait réussi comme carrière, c'était glander aux crochets de sa moitié. Mec, maquereau, micheton, marlou, gigolo, c'est-à-dire profiteurs et fainéants. Tout un programme. Quelle importance ? L'adolescente que j'étais pensait : quelle importance, sans considération pour la lignée de maîtresses femmes qui avaient vécu, aimé et souffert avant elle et dont l'impertinente modernité m'étonne aujourd'hui. Oui, elles me stupéfient toutes ces femmes qui n'avaient pas attendu qu'on leur donne leur liberté pour la prendre. Mes vieilles et mes très vieilles n'avaient ni Légion d'honneur ni palmes académiques : ça ne les empêchait pas de mener leur barque à leur idée et personne pour les commander. Les femmes ont toujours travaillé dans ma famille. Et depuis plusieurs générations. Par obligation, certes. Le travail était un devoir, pas seulement une option de luxe. Il y avait des ouvrières, des filles de ferme, des domestiques. Certaines étaient tout de même parvenues à être leur patronne. Une arrière-grand-mère tenait sa guinguette sur les bords de Charente. Les soiffards qui faisaient du vilain dans la turne, elle les sortait par la cravate. Pas besoin de videur. Une grand-tante, sœur cadette de ma grand-mère paternelle, alors qu'elle était jeune institutrice, virait tout aussi lestement les malappris de sa salle de classe, des clients qui faisaient souvent deux fois son gabarit. Pauvre grand-tante violoniste. Elle n'a pas fait de vieux os. Elle est morte en couches. La mère de ma mère avait eu des petits boulots pendant la guerre. Elle était peut-être la seule à être restée à la maison après la Libération, mais rien du genre bourgeois qui bavasse autour d'un thé. Toujours arquée dans le potager à racler, sarcler, biner. À son mari, elle lui avait fait monter les marches du tribunal. C'étaient ses propres mots. « Je lui ai fait monter les marches. » Il avait levé la main sur elle. Ni une ni deux, elle était allée porter plainte. Elle avait raison : c'est au premier dérapage qu'il faut réagir. Et pourtant c'était une petite femme très dévote et tout ce qu'il y a de discret. On n'aurait jamais cru en la voyant. Rien d'une révolutionnaire. Le grand-père ne l'avait pas frappée, non. Pas le genre. Une main levée avait pourtant suffi. Qui vole un œuf, vole un bœuf. Son bon sens lui avait fait conclure : qui lève la main frappera tôt ou tard, ce qui est loin d'être faux. Passer devant monsieur le juge avait fait son effet. Le grand-père ne s'était jamais avisé d'y regoûter. Et quand elle racontait cette histoire, elle était fière, pas bravache, pas revancharde, mais elle se félicitait d'avoir eu du cran, de s'être fait respecter, de s'être foutue du qu'en-dira-t-on. Et pourtant elle habitait une petite ville où les commérages assassinent jusqu'aux meilleures réputations. Pour ce qui est de mon autre grand-mère, la seule que je puisse considérer comme ma vraie mère, elle avait quitté la France pour aller vivre en Australie. Elle avait fait le voyage seule en 1913. Elle ne pipait pas un mot d'anglais. Elle avait d'abord pris le train. Endormie comme une souche dans un compartiment. C'est un voyageur qui avait dû la réveiller en arrivant à Gênes. Mademoiselle, mademoiselle, votre bateau ! Vite. Elle avait sauté du train avec son balluchon. Qui aurait cru que cette enfant de seize ans allait rejoindre son mari à l'autre bout du monde ? Qui aurait imaginé qu'elle avait déjà accouché d'une petite fille qu'elle avait perdue quelques semaines plus tard ? Des marmots, sa mère en avait élevés sept. Là aussi, il avait dû y avoir de la casse. L'arrière-grand-père épongeait. Un boit-sans-soif, c'est souvent le cadeau Bonux dans la corbeille de mariée. Chez les pauvres, on picole. Tragédie des femmes. La paie d'une semaine gaspillée au bar du coin. Les coups. Et la famille qui s'agrandit tous les ans du fruit d'un viol conjugal. Mais est-ce qu'à cette époque on parle seulement de viol entre mari et femme ? Je pense souvent à ma ribambelle de vieilles, les discrètes ou les fortes en gueule. Elles étaient aussi trempées que celles qui marchèrent sur Versailles. Sûr qu'elles m'ont permis de tenir le gouvernail de ma vie.

15

Novembre. Ma grand-mère a eu le dessus. Je reviens aux études. Mais cette fois-ci, je veux prendre la vie du bon côté. Adieu les maths et la biochimie. Et direction la fac de lettres.

Marco et moi, on part pour Bordeaux. C'est facile, et c'est rapide quand on n'a rien. Marco est heureux de quitter son chantier. Ses copains l'envient de partir. Nous sommes pris d'une grosse panique. Et si Marco ne retrouvait pas de boulot ? Et si nous nous retrouvions à la rue ? Notre ange gardien nous évite le pire et, dix jours plus tard, Marco est rembauché comme manœuvre. Ils retapent le vieux Bordeaux et il y a de quoi faire quartier Saint-Pierre. On reloue mon ancien studio près de la gare. Il y a décidément des lieux qui vous poursuivent. Je vais étudier la littérature. J'ose à peine y croire. Du bonheur à l'état pur. L'ambiance me convient au poil. Rien à voir avec les grincheux des grandes écoles. Il m'est impossible d'obtenir une bourse d'études. Madame refuse de signer le papier qui m'y autoriserait. Il suffit qu'elle ne me déclare plus comme enfant à charge. Elle refuse. Elle s'acharne. Moi, je tiens bon. Elle peut insulter sa secrétaire, virer un employé, cracher sur son mari et aboyer sur ses fils, mais contre moi, elle ne peut rien. Je traîne mes vieilles fringues. Je saute des repas. Le dentiste ? Beaucoup trop cher. Malgré une année de vache enragée, je n'ai toujours pas rendu les armes. Ma grand-mère de son côté est contente que j'aie trouvé ma voie. Elle sent que je suis enfin heureuse. Marco, elle en a pris son parti sans grand enthousiasme. Elle sait que l'important, ce sont les études. J'aurai son soutien inconditionnel jusqu'à sa dernière heure. Mes grands-parents sont la plus belle chose qui me soit arrivée, avec Marco.

La fac de lettres… Je pousse la porte du saint des saints. Lire, décortiquer et comprendre enfin. Jusque-là j'avais absorbé en vrac tout ce qui m'était tombé sous la main. Désormais je vais apprendre à penser. J'étudie avec passion. Le cerveau adore apprendre. Je le sais. Le mien jubile. Il y a de mauvais profs qui s'ennuient à deux sous de l'heure et ça se voit, parce que nous aussi on s'ennuie ferme à s'en décrocher la mâchoire. Aucune envie de les ressusciter. La littérature ne mérite pas qu'on la maltraite ainsi. Je préfère me souvenir d'une poignée d'êtres hors du commun. Si la mort ne les avait pas emportés, j'aurais aimé renouer la conversation. Ils ne parlent pas littérature, ils parlent d'amour. Ils poursuivent un mystère. On jurerait qu'ils cherchent Dieu. Écoute-moi ! Réponds-moi ! demandent-ils. Explique-moi ! Ils me font découvrir le théâtre. Ils m'expliquent la poésie. Ils m'initient surtout aux arcanes de la pensée. Les livres que j'ai lus m'ont impressionnée, émue, troublée, mais je n'ai jamais su pourquoi. Peu à peu mes idées s'ordonnent.

J'aime la poésie bien sûr : j'admire Apollinaire. J'aime le théâtre : je place Beckett au-dessus de tout. Mais le roman me fascine d'emblée. Une petite usine qui peut faire entrer la terre entière dans la boîte magique de ses pages, c'est quand même champion. Il y a de la sorcellerie là-dedans, et dans l'attente passive, confiante et naïve du lecteur que nous sommes se trouve une parcelle divine de ce que nous avons été et qui s'est perdu. Lire nous redonne une chance. La communication y est absolue. Et seule cette communication-là qui n'emprunte pas les voies détournées de la parole m'intéresse. J'ai trop vu la parole à l'œuvre dans ce qu'elle a de plus meurtrier.

Le roman est pour moi le genre suprême grâce aux variations qu'il offre par la langue, la structure, la composition et le rythme. Après être parvenue non sans peine à articuler mes premières nouvelles, je découvre qu'on peut jouer du roman comme d'un instrument. Travailler le bois m'a rappelé le sentiment d'écrire, car le bois ne se refuse jamais. Les erreurs ne sont pas irréversibles. La prose est aussi souple sous les doigts : ainsi la phrase va gentiment où on veut la conduire en résistant parfois au tranchant du ciseau. Le texte possède aussi sa texture faite de nœuds et de fibres plus ou moins résistantes. Bien au-delà des idées, un texte, c'est un rythme qu'on poursuit ou une veine qu'on accompagne. Ce ne sont pas tant les personnages qui vous mènent au gré de leur volonté, qu'un vent malin qui vous porte et vous pousse et vous malmène.

Je découvre *A Portrait of the Artist as a Young Man.* Joyce me parle. Joyce me parlera toujours dans la cruauté glacée du collège de Clongowes Wood. Stephen injustement puni qui lève la main sous la férule. Le bruit sourd des balles de cricket qui frappent le plat de la batte. Les images terrifiantes de l'enfer me rappellent ma retraite de communion. Nous étions une dizaine de gamines en socquettes blanches. On nous avait isolées plusieurs jours au fin fond du couvent. Une bonne sœur nous y avait décrit les supplices qui nous pendaient au nez si nous étions méchantes. Le diable nous avait à l'œil. Un Carambar de trop, et on risquait perpette. J'en étais sortie tremblante. Il m'a fallu bien des années pour me dépatouiller de cette farce du péché et retrouver l'allégresse dans des mystiques plus planantes. La lecture de *Dedalus* ravive toujours mes anciennes blessures. La solitude qui fut la mienne pendant les sept ans où je fus élève à Jeanne-d'Arc : celle d'une enfant différente, une enfant de vieux, un peu inadaptée sans doute. Et puis comme Stephen, je verrai un jour la maison de mes parents se vider. Ma mère a fait de mauvaises affaires. Les huissiers se chargent du sale boulot. Les plus beaux meubles partent l'un après l'autre et ça fait des trous dans les pièces.

Je dévore Faulkner au cours de littérature comparée.

Les premières pages de *Light in August*, c'est l'histoire d'une charrette qui n'en finit pas d'arriver. Imaginez cette charrette qui n'est encore qu'un point à l'horizon de la route. Les sabots des mules raclent la poussière. Rien ne bouge. C'est un film au ralenti. Au bord du chemin il y a une tache de bleu défraîchi. C'est Lena qui attend. Une jeune femme enceinte arrivée à pied de l'Alabama. Lena est résignée. Lente. Obstinée. Comme le paysage. Comme les mules. J'ai pensé à Faulkner quand j'ai décrit Mary Williams, ma veuve en robe bleue de *Ce que racontait Jones*. J'ai commencé ce texte en 1997 peu de temps après la mort absurde de mon père. Mon vieux père devenu Tarcisius Nagalingam qui n'en finit pas d'agoniser sur sa véranda.

Parmi mes livres de chevet il y a aussi Cendrars et ses voyages insensés. *Bourlinguer* est ma bible. Et la langue de Cendrars ! Charnelle et d'une modernité absolue. Je me souviens de la grande maison triangulaire de Gênes qui plonge sur un fouillis de ruelles, la jungle du jardin où jouent les enfants. Et la grosse Rij, la femme tonneau ! Ma Queen Pigmy et ma Magnolita Rosaria sont ses sœurs. C'est une famille très présente que celle des personnages. Ils sont plus vivants que des cousins. Queen Pigmy s'est imposée à moi quand j'avais vingt-deux ans. Elle était déjà là dans mes premières nouvelles. Un personnage n'est pas une invention. C'est une obsession avec laquelle on cohabite avec plus ou moins de bonheur et qui refait parfois surface quand on s'y attend le moins.

Et puis il y aura le miracle Djuna Barnes.

Nightwood transformera mon existence. Je découvre le roman grâce à l'un de mes professeurs, Élisabeth B***, qui écrit sa thèse sur *Nightwood.* Elle voudra rencontrer Djuna Barnes qui est encore vivante à cette époque. La romancière habite New-York. Les deux femmes parlent travail au téléphone. Elle est caustique, me rapportera Élisabeth B***. Caustique : « qui attaque, blesse par la moquerie ou la satire ». N'est-ce pas formidable d'être caustique ? Total, Mrs Barnes, la caustique, refusera de recevoir Élisabeth B***. Je ne sais pas encore que Carson McCullers en personne n'est jamais parvenue à être reçue par Djuna Barnes. Carson McCullers qui ira jusqu'à se coucher sur son paillasson. Il n'empêche. La porte restera close. Comment oublier le docteur Matthieu – Puissant – Grain – De – Sel – Dante – O'Connor ?

Comment oublier Robin, Jenny, Guido, ce bouquet de folles ? Comment ne pas être envoûté par cette langue baroque venue de nulle part, de nulle université, de nul atelier d'écriture, de nulle *creative writing school,* sinon d'une vie de bourlingue et de passions, d'alcool et de risques. Faut-il rappeler qu'elle vient de là, la littérature ? Des tripes et de l'âme. De la vie et des coups. Faut-il rappeler qu'elle n'a rien à voir avec les belles histoires qui caressent le lecteur dans le sens du poil ? Rappeler que l'ingrédient premier que l'écrivain doit mettre dans son œuvre, c'est sa vie, sa vie seule et le jus de son expérience. Le *journey* comme on le nomme en anglais. Le voyage physique et spirituel qu'il nous est donné d'accomplir ici-bas. Mais tout a tellement changé. Ceux qui prennent des coups n'écrivent pas, et ceux qui écrivent s'arrangent désormais pour s'abriter des coups.

Après avoir lu *Nightwood* je sais ce que je suis venue faire sur terre. Écrire. Je m'en doutais déjà, mais là, c'est devenu une évidence, une obligation, un devoir. Un appel. Ce livre me prendra tout entière en otage.

Tant d'autres textes passeront dans mes veines. Les écrivains, je les admire tous. Ils forment une grande famille et j'appartiens à cette fratrie. Et pourtant, quelque chose ne va pas. J'étudie les lettres, mais le langage qu'on me tient m'est étranger. Tous les sujets qu'on nous propose relèvent de la tâche impossible de vouloir enfermer un vent d'esprits malins. Tout ce qui concerne la « création littéraire » comme l'appellent certains de nos professeurs me désarçonne. Qu'on réduise le souffle de Ronsard à une méchante série de clichés vaseux, quel crève-cœur ! Pourquoi les écrivains écrivent-ils, hein ? En voilà un beau sujet ! Avec trois ou quatre manuels de base et des formules rondement ficelées, j'arrive à répondre à ces questions venteuses. Et la réponse est la même quel que soit l'écrivain. Rimbaud a écrit pour les mêmes raisons que Proust, ben voyons. Sauf que l'un a écrit de la poésie, et l'autre un roman-fleuve. Quelle différence ? Je me trouve en porte-à-faux comme je me suis toujours trouvée gênée par ce prêt-à-porter critique dont je sais qu'il est fumeux. Rimbaud n'a pas écrit pour les mêmes raisons que Proust. Soyons sérieux. C'est comme de comparer la rubéole et la scarlatine. Et ça me fait mal aussi bien pour Rimbaud que pour Proust comme si je bourrais pêle-mêle dans un gros sac la chair humaine de la souffrance. J'ai l'impression de trahir, de les trahir et de me trahir. Et puis personne n'a jamais compris pourquoi les écrivains écrivent, bon sang de bon soir. Ils écrivent parce qu'ils écrivent, voilà. Point. Je le sais d'expérience. Et je sais aussi qu'il n'y a aucune réponse à cette question. Je suis novice certes. Je n'ai pas encore une vaste pratique de l'écriture, je n'en parle à personne, car j'ai longtemps été mal à l'aise devant ce travail, comme tous ceux qui viennent d'un horizon peu reluisant. Je suis la première de ma famille à faire des études et à avoir des ambitions littéraires qui plus est. Un grand mot que je m'interdis bien d'employer. Mais ce que je sens de l'inspiration ne correspond en rien à ce qui est écrit dans *La Dissertation littéraire par l'exemple.* L'inspiration, c'est quand le monde fait trop mal. L'inspiration, c'est quand on n'a personne à qui le dire. Voilà comment naissent les livres. Ils ne disent pas ça dans le manuel du parfait troufion. Et puis, quand les écrivains n'écrivent pas, le bocal explose. Avec de tels arguments évidemment, adieu l'examen.

Je résiste. Je résisterai jusqu'au jour où je ferai ce qu'on attend de moi. J'utiliserai les bonnes clefs pour ouvrir les bonnes portes. Je me plierai à l'exercice de la dissertation. Il s'agit au final d'une poignée d'idées à fourguer, toujours les mêmes. Le métier d'élève : j'ai entendu ça quelque part. C'est vrai que c'est comme un boulot avec des horaires, la pause-café, et les bonnes réponses au quiz. Il y a les trucs à faire et les trucs à ne pas faire. Après quelques années de ce régime, je fourguerai mon Barthes à toutes les sauces. Mais attention ! il nous faudra attendre quelques années avant que l'hérétique soit en odeur de sainteté. Malgré l'admiration que nous portons au bonhomme qui emporte notre enthousiasme, mieux vaut éviter en 1978 de mentionner son nom, sinon c'est la caisse. Foucault, Derrida et consorts subiront le même traitement. Il leur faudra patienter au purgatoire de l'écumoire universitaire avant d'entrer eux aussi au paradis de la pensée qui pense. Il est comique et absurde de constater que la plupart de ceux que nous vénérions – parce qu'ils étaient vénérables, sont tombés en disgrâce. Jusqu'à la prochaine redécouverte sans doute.

16

Je me lance dans mes vrais premiers romans.

Je vais les envoyer à un éditeur pour qu'ils soient publiés. Je le fais avec tout le sérieux de la terre. J'ai déniché une vieille Japy et sa bonne musique tambourine dans la baraque. Je suis assise face à la baie vitrée. Je regarde le petit banc de pierre tout couvert de mousse. Le noisetier dont le feuillage se nuance de jolies couleurs d'une saison sur l'autre forme toile de fond. Ce nid de verdure m'inspire tout comme m'inspire ce champ de bataille de 30 mètres carrés où ma mère et moi, nous nous sommes affrontées quelques années auparavant. Je n'écris pas tous les jours. Je n'en ai pas le temps et longtemps je n'ai pu écrire que durant les vacances scolaires. Ce n'est que tard dans la vie, à plus de quarante ans, grâce à ma bourse de thèse et à l'aide simultanée du Centre national du livre – qui reste pour bon nombre d'écrivains notre seul mécène puisqu'il nous soutient financièrement plus que nos éditeurs et qu'en cela il est notre seule famille et souvent notre dernier recours – que je cesserai de faire un boulot qui me pèse pour me consacrer à l'écriture. Parce que je ne peux plus vivre sans écrire. C'est devenu comme un handicap qui m'empêche de vivre. Ces choses-là ne s'expliquent pas. Seuls ceux qui sont dévorés par une vocation me comprendront. J'en suis à ce stade aujourd'hui. Marcher sur une corde raide et parier sur l'avenir. J'ai aussi des amis fidèles qui ont su me tendre la main à temps.

Pour qui n'écrit que de la littérature, les droits d'auteur sont ridicules. Je distingue ici la littérature des textes journalistiques qui ont une chance de se vendre. Beaucoup d'écrivains se débattent dans la plus grande misère. La situation s'est durcie ces dernières années, la cupidité la plus vile ayant grignoté le monde de l'édition. Restera-t-il encore demain des auteurs qui accepteront d'endurer tant d'efforts et de privations pour un résultat si méprisable ? Je le souhaite. Je souhaite que les jeunes écrivains visent autre chose que les paillettes et la fortune. Nos sociétés sont malades, déboussolées, spirituellement appauvries et nous avons plus que jamais besoin de vrais artistes. Nous avons besoin de cette respiration-là. Oui, pouvoir écrire chaque jour sans être interrompu par les obligations, se laisser aller aux idées qui vous sont venues dans la nuit, aux ébauches de phrases concoctées entre veille et sommeil aux premières lueurs de l'aube, prendre le temps de rêvasser et de retravailler un texte, ajouter, supprimer, récrire, c'est un vrai luxe qui est la condition *indispensable* à toute création. On est bien d'accord. Mais c'est aussi un joli rêve en rose et pas trop réaliste, car la vie qui manque sérieusement de discipline se fourre souvent dans vos pattes. Et la vie est aussi folle qu'un chien fou si bien que, pendant longtemps, j'exercerai sans plaisir un métier qui m'assure un salaire et je souffrirai moralement et physiquement de ne pas avoir de temps pour écrire.

Deux rêves essentiels m'aideront à tenir bon.

Nos rêves nous guident. Ils osent quand nous n'oserions pas. Il faut leur faire confiance. J'avais peut-être vingt-sept ans quand je fis ce premier songe. Au milieu d'une grande salle ovale aux murs couverts des boiseries à caissons se trouve une table également ovale autour de laquelle sont assis mes camarades de faculté. Nous planchons. C'est le concours de fin d'année sans doute. Chacun est concentré sur sa copie. Il règne là une atmosphère studieuse et tendue propre aux salles d'examen. Soudain je quitte la table pour m'approcher de la porte-fenêtre grande ouverte qui s'ouvre largement sur le ciel. Nous sommes à l'étage. J'ai bien conscience que le temps nous est compté, mais je m'attarde face aux cieux vers lesquels je tends la main. Mon bras atteint les nuages. De mes doigts je les modèle comme je le ferais de pâtes de couleurs et il me semble que je dessine en épaisseur. Ce que je peins prend vite de gigantesques proportions. Ce sont des figures bibliques dans les bleus, les rouges et les dorés qui rappellent Michel-Ange. C'est très italien, très fourni, très riche. Quelque chose comme le plafond de la Sixtine. Le tableau occupe bientôt le dôme entier du ciel. Je regarde mes camarades penchés sur leur copie. Je sais que je suis en train de perdre de précieuses minutes, mais au lieu de retourner vers la table ovale, je continue à peindre l'espace. Je suis en extase, dans la pleine conscience de vivre un moment unique. Au réveil l'impression est si puissante que je revois les nuances du tableau jusque dans leurs moindres détails.

Je serai marquée par un second rêve important à peu près à la même époque. Je me trouve dans le studio, celui que nous avons habité pendant toutes mes années d'études. Il me semble que j'y étouffe et qu'il nous faut, à Marco et à moi, le quitter pour quelque chose de plus grand quand une porte se dessine dans la surface du mur. Une porte que je n'avais jamais remarquée et qui pourtant semble toujours avoir été là. Je l'ouvre. Derrière se trouve un vaste escalier qui conduit vers des appartements dont on aperçoit les portes d'entrée. Et les murs, la rampe, les boiseries, jusqu'au lustre immense à pampilles qui habille la cage d'escalier, tout est tapissé de grosses pierres précieuses d'un jaune orangé, tout luit de cette lumière exceptionnelle dont j'ai gardé l'éclat d'ambre en mémoire. Ces deux rêves seront deux événements marquants. Je sais qu'ils me parlent d'écriture. Ils me parlent de la chambre intérieure de notre âme d'où viennent les mots, et du ciel d'où vient la grâce.

17

Marco et moi, nous formons un vrai couple maintenant. Nous allons au restaurant. Nous roulons dans une Opel achetée à crédit. Marco est en plein divorce. Quelques mois encore et il sera libre. Il rend régulièrement visite à son fils. Les visites se passent mal. Il est toujours tendu quand il rentre. Dans notre studette, il y a des assiettes, des verres, des placards en faux bois, un lit, des chaises autour d'une table et puis plein de petits trucs inutiles qui remplissent les vides. J'ai planté des géraniums et des impatiens dans le jardinet. La chaleur du nid accueille Marco le soir. Le lieu est coquet. J'ai mis du vichy aux fenêtres. Les quelques meubles sont peints de frais. Les draps sont propres. Une vraie maison de Barbie. Et dans la cuisine de Barbie, je cuisine des rôtis, des poulets farcis, des tartes. Je surveille mon bœuf miroton. Marco dit : ça sent bon. Je suis ravie. Je m'exerce à des desserts. Mes desserts mettent Marco de bonne humeur. Notre bonheur simple et tranquille est à l'image de celui dont on parle dans les magazines féminins. J'y vois des photos de belles jeunes filles auxquelles je m'efforce de ressembler. Pour les fringues, on repassera, je n'ai pas le fric, mais au moins je me maquille et je me coiffe comme sur les images. Je ne suis pas un top-model, mais tous les espoirs sont permis. Je lis les articles. Ils sont intéressants. Ils parlent de la femme, du foyer, des mille et un moyens de rendre un homme heureux. Il y a des recettes de cuisine à la fin. Je les collectionne. Je m'exerce à la broderie. J'y prends plaisir. Adieu Françoise Parturier. Le féminisme, c'est dépassé. Chez moi, tout va bien, alors le monde va bien. Je n'ai pas envie de me casser la tête avec des discours allumés. Ma grand-mère me serine de plus belle : tu as perdu la tête ! Il te tient en laisse, ma pauvre fille ! Qu'est-ce qu'elle en sait ? Elle ne comprend pas qu'avec Marco c'est différent. Marco, je l'aime. Je fais mon possible pour lui être agréable. Et puis si ça me convient de lui repasser ses chemises ? Les hommes sont comme ils sont. Pourquoi vouloir les changer puisque nous les aimons avec leurs défauts, leur belle gueule, leurs colères et leurs caprices ? Les hommes sont de grands enfants, c'est bien connu. Les journaux disent ça. C'est vrai, non ? Marco est charmant, craquant, mais mal éduqué. La libération de la femme et le partage des tâches, il n'en a rien à cirer. Mais tant que Barbie est heureuse, que demande le peuple ? Quand Barbie ne fait pas la dînette, elle fait les courses. Elle charroie les sacs du supermarché à la maison, à pied s'entend, elle fait le ménage, la vaisselle, la lessive, à la main s'entend. Barbie prépare ses examens. Barbie écrit aussi quand elle en a le temps. Elle dit : c'est prêt ! Elle s'active entre la kitchenette et la table en Formica. Elle mange entre les plats. Il lui arrive même de manger froid. Heureusement que nous ne sommes que deux. Pas d'enfant. Barbie a dit non. Elle ne s'en sent pas pour les couches-culottes. Un matin, il y a un héritier en route. Trois semaines plus tard, il n'y a plus personne. Le temps d'aller au Planning familial. On inscrit Barbie sur une liste d'attente. Deux semaines, mademoiselle. Eh non, pas avant. Désolé ! La tentation de ne pas arrêter le cours des choses me traverse l'esprit. Une option à laquelle je pourrais souscrire. La logique du ventre, comme on l'appelle. Mais le ventre n'a que l'intelligence qu'on lui prête. Une autre logique s'est mise en place : me préserver du temps pour écrire. Si je ne suis pas ferme sur ce chapitre, je suis foutue. Marco, je ne le changerai pas. Et si j'ai un môme, je me le coltinerai seule. Adieu mes études et mes projets. En guise de mouflet, on a un chat. Ça fait l'affaire.

Je rentre un soir à l'hosto avec trois autres filles. Elles seront relâchées le lendemain matin, les veinardes. Je resterai en observation. Quinze jours d'attente ont été quinze jours de trop. On me passe deux fois sur le billard. À la fin il ne reste rien de rien, pas même l'ombre d'un héritier. Une infirmière hystérique agite le spectre de la stérilité avant de me faire une humiliante leçon de morale. L'avortement est mal vu dans ces années-là. Nous avons dû économiser plusieurs mois pour payer l'intervention.

Dans la pièce que nous rejouons chaque jour Marco et moi, les rôles sont distribués d'avance et ils ont été distribués depuis belle lurette. J'ai l'impression d'avoir réinventé le couple et l'amour toujours, mais on ne m'a pas attendue et je n'ai rien inventé. J'ai cru faire du neuf avec du vieux, or c'est le scénario le plus plan-plan qui m'a rattrapée. C'est ce qu'on appelle l'innocence, l'inconscience ou la bêtise de la jeunesse, j'imagine.

18

J'ai des petits boulots, mais rien de sérieux avant de devenir professeur. Un métier qui me tue puisqu'il me vole ma vie, mais tout autre métier me tuerait de la même manière : caissière de supermarché, coiffeuse ou secrétaire. À cette époque je suis persuadée que je vais être publiée très vite et que je vais donc pouvoir participer aux frais du ménage. Je n'ai jamais douté que tout cela serait l'affaire de quelques mois. Je ne sais pas encore qu'il me faudra une très longue patience. Je ne sais pas non plus que j'aurai cette capacité d'attendre et qu'elle sera ma force.

En vérité toute cette histoire de publication demande autant d'endurance qu'un coureur de fond. L'endurance, l'optimisme et une foi absolue en soi. Un esprit que mes grands-parents avaient ramené d'Australie et qu'ils m'avaient transmis. L'absence de peur doublée d'une capacité à faire des réserves d'espoir. C'est le désir d'y croire qui fait dire au *true blue* même dans les pires moments : ça va aller. *No worries. She'll be right. She*, c'est la fatalité, la vie, la destinée. Chaque jour est un jour neuf et rien n'est acquis. Les bonnes choses peuvent disparaître en une nuit, c'est vrai. On peut être calomnié, désavoué, bafoué. Mais tout peut repartir en un clin d'œil aussi. Une main tendue, un nouvel employeur, un ami tombé du ciel qui nous remettra sur pied. Toute la misère s'envole et la vie redémarre. On fait table rase du passé et de ses peines. Et on oublie parce que notre capacité d'oubli est la force la plus étonnante qui nous ait été donnée. C'est l'oubli qui nous allège du mal. C'est l'oubli qui nous lave des affronts. C'est l'oubli qui nous permet d'avancer. Il peut paradoxalement être ce que nous avons de plus vil. Il nous arrive d'entasser nos bassesses dans ce grand sac. Il ne faut pourtant rien jeter. Il est bon de garder en mémoire nos erreurs aussi bien que les offenses qui nous furent faites, nos peines et la trace de ce que nous fûmes. Les garder et pouvoir les regarder sans chagrin. C'est la raison pour laquelle je parlerai de mes treize années d'attente. Je ne veux pas les oublier. Les oublier, ce serait les nier. Le vide est part de la matière. Nos échecs fortifient nos consciences. Pourquoi d'ailleurs employer ce mot d'échec que je n'aime pas ? Il n'y a ni échec ni réussite, juste une ascension plus ou moins lente sur l'échelle de Jacob dont on dit qu'elle mène aux cieux. Il y a des épreuves et la connaissance qu'on en tire. L'une ne va pas sans les autres. Heureusement que j'ai bénéficié d'un coup de pouce de l'au-delà. Car tous ceux qui m'ont aimée, proches ou lointains, n'ont jamais cessé de m'aimer par-delà la mort. Fratrie invisible qui se meut autour de moi et vient me visiter en songe. Aucune douleur n'est vaine, ni la mienne ni la leur. Et rien n'est jamais acquis. Même le malheur.

19

Ma vie de jeune femme ressemble à une longue attente. Je me revois attendre comme Lena sur le bord de la route. J'ai attendu jusqu'au jour où, bien des années plus tard, j'ai cessé de guetter le passage du facteur et les lettres des éditeurs. Alors j'ai continué de vivre et d'écrire comme si leur monde n'existait plus. On vient lentement à cette résignation. Résignation ou lassitude, peu importe. Quand on l'a enfin conquise, on continue d'écrire sans rien espérer. Entre vingt-cinq et trente-cinq ans, j'ai écrit sans rien espérer. La publication viendrait un jour ou elle ne viendrait pas. On verrait. C'était un événement extérieur, mais qui n'intervenait plus dans mes choix d'écriture, dans ma détermination d'artiste ou dans ma réflexion littéraire. Si elle ne venait pas, ce serait triste, bien sûr, dramatique ou même fatal, mais ça ne remettrait pas en question ce que j'étais venue faire sur terre. Et cette chose que je voulais faire, c'était écrire. J'étais là pour ça. La vie, la maladie, le mariage, le travail, l'amour, les ruptures, le vieillissement, tout serait subordonné à ça. Et la suite me prouva que tout le deviendrait en effet. J'avais dix-huit ans quand j'ai attaqué mes premiers textes. C'était en 1974. J'avais commencé à bricoler des choses qui se tiennent en 1981 quand mes ébauches eurent enfin pris forme. J'ai été publiée en 1994. Voilà. Entre les deux, treize ans avaient passé. Beaucoup d'auteurs ont vécu la même expérience. C'est une réalité dont nous parlons peu. Quand on pense aux écrivains, on pense rarement à l'envers du décor : les manuscrits rejetés, le jeu des éditeurs, les pressions, les humiliations. Beaucoup d'éditeurs préfèrent d'ailleurs les auteurs morts aux écrivains vivants. Les morts ne la ramènent pas. Les morts ne réclament pas leurs droits d'auteur. Il découle de tout ça un sentiment d'impuissance et d'abandon infini. Oui, c'est en 1981 que j'ai commencé à bricoler des choses lisibles. Je pouvais maîtriser des personnages et déplier une histoire. J'avais aussi réfléchi aux questions de charpente, de rythme, de narration, en gros à la manière qui pourrait être la mienne. Le roman classique ne m'intéressait pas. Je l'avais étudié en large et en travers à l'université. Je l'avais admiré et j'en avais tiré la conclusion qu'il est impossible de refaire la même chose que nos aînés. Après la révolution du nouveau roman, il était impossible de replonger dans un néoréalisme bon teint. Or la nouveauté, il n'y a rien de plus difficile. Une nouveauté qui vous soit propre et pas seulement venue de l'air du temps et de la simple mode qui se démode. L'écriture avait changé, la langue avait changé, le roman s'était transformé et je voulais être là, dans la marche de mon époque. J'ai d'abord utilisé des architectures très simples empruntées au théâtre et régies par les règles d'unité de lieu, de temps et d'action. Dans sa préface à *Bérénice* Racine optait pour « une action simple chargée de peu de matière » : j'ai suivi ses conseils. J'ai ainsi conçu mes deux premiers textes que j'ai ensuite eu la chance de voir publiés. Le troisième, *Éloge de l'oubli*, m'avait été inspiré par une installation de Christian Boltanski présentée au musée d'art contemporain de Bordeaux : *Inventaire des objets ayant appartenu à la jeune fille de Bordeaux*. Des objets étaient exposés dans des vitrines : vêtements, livres, bijoux, carnets, brimborions. Boltanski avait aussi disposé derrière une large vitre la chambre en pin clair de cette jeune absente, à savoir son armoire, son lit, son chevet et sa lampe. Je n'avais jamais rien vu de tel. La force inquiétante que cette installation dégageait m'inspira immédiatement un texte. Je fis l'inventaire des principaux objets que contenait la maison de mes grands-parents. Ma première tentative aboutit à un texte bref *Chez soi* de facture très contemporaine. J'y avais abandonné la ponctuation. Les meubles, lampes et tableaux dont j'avais écrit l'histoire étaient répertoriés dans un index. J'ai abandonné l'index et développé ce petit récit pour la publication. C'est devenu quelque chose de plus lisible, mais que je trouve aujourd'hui alourdi par un classicisme dans lequel, jeune auteur, je m'étais réfugiée. La liberté ne m'a pas été donnée d'emblée.

Si j'aimais l'absence de verbiage et les structures dépouillées, j'adorais au même titre les mots impossibles, les redondances, les fioritures. Car depuis mes premiers textes, j'ai eu deux manières, la simple et la baroque. Impossible de dire quelle est celle que je préfère ni quelle est celle dans laquelle je m'exprime le mieux. Tout dépend du sujet. Certains demandent du rythme et de la couleur comme un tableau qui pèterait de rouges et de verts. C'est une musique de foire, on peut en rajouter encore et encore, c'est du plaisir à l'état pur, c'est l'art de la digression où l'on se fait vraiment plaisir, alors que d'autres sujets demandent à être ramassés pour atteindre leur but vite et bien. La langue doit alors être aussi tranchante qu'un rasoir. Je n'arrivais pas à opter pour un style ou pour l'autre, et puis un jour est venu où j'ai refusé de choisir. Ce nombre deux est devenu le mien. Je m'y suis habituée. J'avais eu deux mères, deux figures qui s'opposaient de manière presque caricaturale. Ma mère était exubérante et colorée comme une gitane. Elle aimait les dorures et le clinquant. Elle parlait fort et s'amusait à choquer le bourgeois. Elle adorait les grosses bagnoles, les bons restos et les hommes. Ma grand-mère était une femme pudique voire pudibonde avec un petit côté austère, mais rien d'une femme effacée. Il y avait une bible protestante sur son chevet qu'elle lisait chaque soir et qu'elle m'a donnée avant de mourir en me demandant d'en faire bon usage. Elle était du style *behave yourself.* La reine Victoria était son idole. Elle m'a appris qu'une femme doit marcher tête haute. Et parfois je me dis que c'est à cause de cette curieuse partition que ma tête s'est séparée en deux telle une branche. Au lieu d'aller tout droit face à l'obstacle et de m'y fracasser le crâne, je l'ai contourné comme font les troncs des glycines dont les gros doigts noueux se tortillent dans les grilles des parcs au risque de monstrueuses boursouflures.

Oui, l'imperfection du baroque est dans ma nature, et je m'y suis vautrée encore plus le jour où j'ai largué les amarres. Quand on s'exporte à l'autre bout du monde, il n'y a plus de jugement. Plus rien. Plus de Boileau ni de Voltaire. Adieu l'imparfait du subjonctif. Place au délire. Là-bas, c'est débraillé, libre, réjouissant, heureux. En Australie occidentale, le culturel, tout le monde s'en bat l'œil, il faut bien le dire, mais au moins les choses sont clairement dites. Paris est un lointain village. Le français, un dialecte. Le pouvoir de la relativité entre en action. Vous adoptez enfin le point de vue de Sirius, et vous l'adoptez au sens propre. Comme tous ceux qui ont quitté leur terre natale, j'ai pu m'accorder une liberté de pensée que je n'aurais jamais prise si je n'avais pas quitté mon pays. Le pays, c'est aussi lourd que le regard des siens. On ne peut pas faire un pas de travers sans qu'ils soient là à vous conseiller, à vous juger, à vous débiner. Ah ! la patrie ! quelle trappe ! Le bonheur est loin de maman. Kundera a raison. C'est loin de maman qu'on a une chance de donner tout son jus, qu'on soit écrivain ou coiffeur pour dames. Quant à la littérature, c'est une province. Il faut bien se tenir. Éviter de faire jaser. Ne pas se laisser aller, surtout quand on est une femme. *Behave*, disaient les *nannies* anglaises aux jeunes filles de bonne famille il n'y a pas encore si longtemps.

Tiens-toi, ma fille. Le vulgaire, laisse ça aux gars. Lorsque tu penseras, bonne fille tu seras. Raisonnablement tu écriras. Pudiquement tu t'exprimeras. Tes cris et tes coups de gueule, tu les étoufferas. Une femme qui hurle, une mégère, une harpie, quelle indécence !... Et si en plus elle dit ce qu'elle pense, où va-t-on ? Et moi, j'ai comme une envie de dire à tous les censeurs d'aller se faire foutre. L'exil est venu à temps me redonner le luxe de l'impudeur.

20

Je reste près d'un an sans voir mes parents. Je ne sais pas si ma mère en souffre. Je ne veux pas le savoir. Elle a l'habitude de dire : tout le monde dans cette famille me prend pour l'officier payeur. Elle ne croit pas si bien dire : maintenant elle paie le prix fort.

Je ne la vois plus. Je ne l'entends plus. La séparation assainit la blessure. Une drôle de surprise m'attend toutefois un après-midi. Je suis chez mes grands-parents. Il m'arrive de passer un ou deux jours avec eux pendant les vacances. La fenêtre de notre salle à manger donne sur un chemin qui dessert une vingtaine de maisonnettes et de jardins ouvriers. Nous bavardons de tout et de rien. Une voiture s'est garée dehors. Une femme en est sortie. Je m'arrête de jacasser. C'est ma mère. Madame porte sa robe de daim bleu, son petit vison noué autour du cou. Au crochet de son bras pend son sac en croco. Elle a l'air soucieuse. Je regarde ma grand-mère qui détourne les yeux. Le hasard n'en est pas un. Déjà je me suis dressée, furieuse. Elle m'a donc trahie.

– C'est un traquenard !…

Pour la première fois sa voix implore :

– C'est ta mère quand même… Elle voudrait te voir après tout ce temps…

C'est l'une des rares fois où je l'entends plaider la cause de son ennemie. Je crois qu'elle souffre pour elle.

J'ai quitté la pièce. Du couloir, je lance :

– Pas question de la voir. Préviens-moi quand elle sera partie.

Ma grand-mère soupire. En quelques enjambées, j'ai gagné l'arrière de la maison. Je vais me barricader dans le chai, ferme la porte à clef. Dans ce débarras vitré sur deux côtés, mon grand-père fait mûrir des poires qu'il dispose sur des claies. L'odeur est forte, très agréable. J'attends. Je suis sûre de moi. Ma mère est une femme dangereuse. Il faut s'en tenir éloigné. Au bout d'un long moment, ma grand-mère frappe au carreau :

– Elle est partie. Tu peux sortir maintenant.

Il n'y eut ni larmes, ni cris, ni reproches. Le pire était le silence. Je préférais ses cris. Le pire a toujours été son silence. Je me souviens seulement que cette femme que j'adorais entre toutes, cette femme adorable entre toutes, souffrait pour l'autre et elle souffrait pour moi aussi. Je le sais maintenant. Cette dureté que j'avais héritée de ma mère, un mélange d'orgueil et de rage, un mal-être profond, mon cœur de pierre comme elle l'appelait, tout ça était triste à en mourir. Était-ce ça le fruit de son éducation ? Étais-je devenue un monstre ? Rien d'humain n'était donc passé dans mes veines ? Ni la bonté de mon grand-père, ni son intelligence à elle ? Cette femme qui repart dans la rue, son petit vison autour du cou, son sac en croco au bras, ce pourrait être moi. Je ne le sais pas. Ma grand-mère seule le sait. Le savoir me ferait trop mal. Aucun de leurs sacrifices de vieux ne m'a apaisée. Je suis de la haine à l'état pur. Et pour ma grand-mère, un constat d'échec par-dessus le marché.

Mon grand-père est-il mort à cette époque ? Ou malade ? Est-il étendu dans son lit, à la place même où il a rendu son dernier soupir ? Après ma fugue, mon grand-père est tombé malade en effet. Le docteur a parlé de cancer, mais c'est moi le cancer. Je suis le malheur et j'apporte le malheur. Sa santé se dégradera rapidement. Il mourra sous mes yeux. Ma grand-mère dira à qui veut l'entendre que je l'ai tué. Ça la rassure de penser que Marco est mauvais et qu'il m'a rendue mauvaise. Suis-je de la mauvaiseté à l'état pur ?

21

Je tente ma chance auprès de plusieurs maisons parisiennes.

Je m'acharne, enragée. Longtemps plus tard, six mois, un an, j'ai une réponse. Toujours la même. Non, c'est toujours non. J'ai souvent la sale impression que le manuscrit n'a pas même été ouvert. Mais je ne connais personne. Je suis clouée à Bordeaux et je ne fréquente pas Saint-Germain. Quand bien même je fréquenterais l'Odéon, je ne suis pas le genre de fille à me jeter à la tête d'un type avec mon manuscrit sous le bras. Pendant des années, je continuerai à faire les choses de manière systématique. J'écris mon texte, je le travaille, je le retravaille, je peins une couverture, je vais faire relier le tout. J'ai gardé cette habitude de peindre et de dessiner à mes heures perdues. Ensuite, l'attente. Et puis un jour le couperet tombe : non !… Toujours non. Un jour je suis tentée de changer mon style et de prostituer ma pensée. Oui, je suis tentée d'écrire des choses à la mode. J'écrirai une histoire qui tourne en rond. Un livre qui ne dit rien et qu'on traverse comme on visiterait un appartement témoin. Un livre qui passe le temps. Juste des mots mis bout à bout. Peut-être aurai-je une chance d'être remarquée. Ou je donnerai dans le genre illisible. L'art pour l'art et le brillant des mots, rien que des mots pour faire savant et en mettre plein la vue. Mais je ne l'ai jamais fait. Quelque chose m'a toujours retenue de le faire.

C'est Paul O*** qui me donnera le plus confiance en moi.

Il prendra le temps de lire mon travail et de le commenter d'égal à égal sans faire le pédant. Il me donnera des conseils. C'est miraculeux pour moi de recevoir une lettre signée de sa main. Une chose est sûre : quelqu'un quelque part me lit. C'est vital d'avoir un interlocuteur, même lointain, même invisible. Le pire, c'est le silence. La torture, c'est de recevoir une lettre dactylographiée qui vous dit d'aller vous faire voir chez Plumeau. Les jours où je reçois l'une de ces maudites missives est jour de deuil. Elles m'abattent. Ma naïveté est si grande. On me persuade que je n'ai aucun talent, et j'y crois. Je suis touchée au cœur. Mes cris m'arrachent au sommeil et ce ne sont pas des larmes, mais mon sang qui coule. L'espoir que j'ai toujours nourri commence à battre de l'aile. Le bel espoir de ma belle jeunesse. J'ai tant imaginé ce jour où je prendrai le train pour Paris. Je me rends au fameux rendez-vous qu'un fameux éditeur m'a fixé. Je vérifie trois fois l'heure et le lieu. J'y suis enfin. La porte s'ouvre. Un homme discret en costume gris se tient devant moi. Il porte des lunettes. Les éditeurs, ça porte des lunettes. Nous avons une conversation passionnée. Nous parlons de Faulkner bien sûr, mais aussi de Dubuffet. Il m'annonce qu'il va publier mon manuscrit. On parle même de la couverture. J'étouffe mon beau rêve dans mon mouchoir. Je ne veux pas réveiller Marco. Qu'est-ce qui t'arrive ? dirait-il. Dors ! Ou prends un somnifère ! Et laisse-moi roupiller ! Demain, je travaille, moi ! Non, Marco n'est pas égoïste. Il est juste Marco. À deux heures du matin, quoi de plus logique que de vouloir dormir ?

J'ai inventé un personnage nommé Toto. Un petit compagnon de tristesse. Ma meilleure copine de fac, Martine C***, vient de déménager à Orléans. Nous sommes très proches. Elle lit tous mes manuscrits. Sans son soutien et ses conseils, je n'aurais certainement jamais pris aussi sérieusement mon travail d'artiste. Dans mes lettres à M, je joins un dessin qui témoigne de mon humeur du moment. Toto est boxeur. Il porte un tee-shirt rayé, un short et il est coiffé en toutes circonstances de son chapeau melon. Même sur le ring, il reste couvert. Il se prend des coups en pleine poire, comme moi. Ailleurs il s'affale dans les cordes, comme moi. Parfois il s'apprête à répliquer. Il se met en garde et il a l'air fumasse, bien décidé à rendre coup pour coup. Comme moi. À une époque je me suis mise à boxer aussi. On ne sait plus parfois si l'on vit ce qu'on écrit, ou si l'on écrit ce qu'on vit. La vie, l'amour, les coups, les bleus. Il y a toujours un drôle de jeu d'anticipation de l'un sur l'autre. Toto me fait oublier le plus triste de l'histoire. Je n'écris plus. J'ai décidé de mettre fin à tout ça. Écrire, cette vaste blague. Cette absurdité. Cette royale perte de temps. J'ai commencé un texte : *La Traversée du désert.* Ma traversée est en rade. Je n'y crois plus. Ils finiront par avoir ma peau.

J'ai parlé de courage, j'ai aussi parlé d'endurance.

Courage, endurance, c'est bidon tout ça. Être éditée tient à la chance. Et je n'ai aucun appui dans le milieu, c'est ce qu'on appelle pas de chance. Si j'ai du bol, mon manuscrit passera. Si je n'ai pas de bol, je retournerai à mes poêles à frire. Je finirai ratatinée, seule. J'aurai été lue par une poignée d'amis fidèles, ce qui est ma foi un sort très honorable, sauf que ce genre de destin rend fou, ou pis, aigre et envieux de la réussite d'autrui. Ce qui est une autre forme de folie non déclarée, mais tout aussi ravageuse. Seul un coup de dé du hasard décidera de mon avenir. Je n'ai pas plus de talent que n'importe qui d'autre, ou moins de talent si on va par là, mais mon sort repose entre les mains de la Fatalité. Difficile de savoir à quelle sauce elle a décidé de m'arranger le portrait.

22

Un rêve grandit en moi. Il se nomme Australie.

Je situe l'action de mes premiers romans dans l'Ouest où je ne suis jamais allée. Je décris les paysages que mes grands-parents m'ont décrits : la plaine désertique, le sol crevassé, les éoliennes, les chais de tôle, les moutons dans le lointain. Toute mon enfance, toute mon adolescence, c'est l'Australie qui revient toujours dans nos conversations. Jusqu'à leur mort, mes grands-parents regretteront la terre qui les avait rendus heureux. Une terre qu'ils ont chérie. Nous regardons souvent les images de la petite maison devant laquelle mon père, enfant, s'amuse. Les clichés sont rangés dans le tiroir du buffet. Le tiroir de droite. Régulièrement ma grand-mère sort une vingtaine de photos de leur étui plastique : c'est comme un rituel. Nous nous installons, mon grand-père, ma grand-mère et moi, autour de la table de la salle à manger et nous regardons les images longuement, une par une, dans un silence religieux.

J'ai vingt-deux ans. J'étale devant moi une grande

carte du pays. Je me perds dans sa contemplation. Coolgardie, Southern Cross, Fremantle, Northam. Et là-bas Kalgoorlie où la fièvre de l'or a éclaté au siècle dernier. Les couleurs de ma carte sont vertes, jaunes et brunes. De jolies couleurs d'automne. Les routes sont larges et accueillantes. Cette Australie-là, mon Australie imaginaire, ressemble à s'y méprendre à la Suisse des bocages.

Quand j'arriverai en 1994 lors d'un premier voyage dans l'Ouest en question – Marco se décidera à m'accompagner à la dernière minute sans grand enthousiasme, je constaterai qu'entre l'Australie et la Suisse il y a comme une différence. De toutes les bonnes grosses départementales que j'avais suivies du doigt sur ma carte, il ne reste que trois routes dignes de ce nom, à savoir goudronnées: une qui va vers l'est, une qui va vers le nord et une troisième qui longe la côte. Les autres, ce sont des *tracks*, c'est-à-dire des pistes. Et les jolis villages dont les beaux noms s'étalaient en grosses lettres ne sont que les maudits arrêts sur la grande horizontale de six cents kilomètres qui relie Perth à Kalgoorlie, une route longue et droite qui va se planter face à vous dans l'horizon comme une méchante hallucination tracée à la règle. Premier arrêt : Southern Cross, quelques constructions en dur et un bar. Deuxième arrêt : Coolgardie, à savoir une poignée de cottages. Ensuite un *deli* – minuscule épicerie tenue par une ancêtre ravinée qui vous cuisinera avec un peu de veine les meilleurs hamburgers de la planète – et un dernier point d'essence avant le grand saut.

C'est tout. Et rien autour. Juste des eucalyptus rabougris, des rochers rouges qui font le gros dos à l'horizon, et l'espace autour, le grand espace, rien que l'espace vide et vierge et terrible couvert par un parasol vert poussière qui moutonne jusqu'à des distances pas possibles, jusqu'à la nausée, jusqu'au vertige. C'est beau, bien sûr. Je défie quiconque de trouver paysage plus intense, plus prenant, plus inhumain. Je dis inhumain, car je n'ai rencontré personne qui puisse rendre compte de ce paysage dans des termes propres à l'homme civilisé. Seul Patrick White y est parvenu à mon avis dans son grand roman *Voss*. Je me suis damnée pour tant d'intensité. La profondeur des courbes qui vont s'épuisant sans que rien, ni village, ni ville, ni route, ni voiture, ni pylône, ni animal, ni être, n'en détruise l'harmonie, est un ravissement pour le regard et un nirvana pour l'esprit. C'est un paysage qui confine au sacré des cathédrales et conduit très naturellement à la vie contemplative. C'est un paysage dur et hostile aussi. Dans ces coins reculés, gare à celui qui s'aventure sans carte, sans eau et sans essence. Gare à celui qui s'écarte de la route par laquelle il est venu. Tous les ans, des touristes se perdent et meurent de s'être perdus. À trois heures des villes, on est plongé dans un bush effrayant où il ne fait pas bon se retrouver seul par une nuit sans lune, car les nuits sont noires là-bas. L'expression nuit d'encre, pour cliché qu'elle soit, exprime assez bien leur densité. On égare sa voiture facilement, même stationnée à dix mètres.

Ma tête d'adolescente n'aurait su concevoir ce qu'un Européen ne saurait concevoir : l'espace. Et le danger lié à l'espace. Personne ne peut comprendre ce qu'est l'espace australien. Même l'imagination la plus folle. J'ai entendu des voyageurs chevronnés me confier qu'ils n'avaient pas supporté l'épaisseur du silence dans la Nullarbor, une plaine plus plate qu'une planche, terrifiante, infinie et sans arbres ainsi que son nom l'indique. Après quelques heures, torturés par l'absence de bruit, ils ont dû fuir. Grimper dans leur voiture, mettre le moteur en marche et déguerpir. Surtout la nuit. Car la nuit est diabolique en Australie. Telle distance qui autrefois m'avait semblé faisable en un week-end lorsque je consultais ma jolie carte étalée sur la table de salle à manger, ne représente pas moins de sept cents kilomètres de pistes. Il faut aussi compter avec la chaleur. Une chaleur sèche. Dure. En été elle est dramatique. Elle vous cloue au sol. Marcher trois cents mètres relève de l'exploit. Le soleil peut provoquer de mauvaises brûlures. Les chercheurs d'or dans la région de Kalgoorlie notaient dans leur correspondance que la température était telle que leurs cheveux cessaient de pousser. L'encre séchait au bout de leur plume. La soif rendait les hommes fous. Et l'espérance de vie ne dépassait pas quarante ans à cette époque et dans ces circonstances. Si les Australiens du XXIe siècle ont fait installer l'eau courante et l'air conditionné dans leurs grandes villas, la nature n'a pas changé pour autant. Les conditions de vie dans le bush sont peut-être plus cruelles que partout ailleurs puisque dans le grand plateau central, il n'y a pas d'eau. Nulle part. Pas de rivière. Pas de source. Juste des lits naturels qui recueillent les pluies en hiver. Or il pleut de moins en moins. Le sel ronge. Les déserts grignotent. Il faudrait rajouter les mouches en été qui aiment bien se coller partout où ça transpire, pour avoir une idée très vague d'une réalité que j'ignorais à vingt-cinq ans quand j'écrivais mes premiers romans australiens.

Aller vivre là-bas m'a fait passer de l'autre côté du réel. Je m'y suis trouvée complétée par l'autre moitié de mon âme qui m'y attendait.

DEUXIÈME PARTIE

1

Jouez hautbois. Résonnez musettes. C'est un dimanche pas comme les autres. Un dimanche à marquer d'une pierre blanche. Une porte nous est ouverte. Et pas celle qu'on aurait cru. Celle de ma grand-mère, la mère de ma mère, la souris du tribunal.

Mémé Célestine, veuve à cette époque, occupe quatre pièces au premier d'une belle bâtisse. Enfin toute la bâtisse est sienne, rapport à son plâtrier de mari qu'avait l'intelligence de la pierre, mais quatre pièces lui suffisent. C'est ça, les vieux. Un coin de cheminée fait leur bonheur. D'habitude, la clef emmaillotée dans son pochon de gros drap vous arrive au bout d'une corde. Et quand la corde est déroulée, la grand-mère crie :

– Tu l'as-t'i ?

Mais cette fois-ci, mémé Célestine a préféré descendre de l'étage et trottiner jusqu'à l'entrée. Son tablier tendu sur ses jambes arquées est une pièce de musée. Il y a plus de ravaudages que de toile. Et chaque pouce de grillage, c'est de la broderie à l'ancienne. Un vrai travail d'orfèvre. Elle a mis le couvert dans la salle à manger. Il y a de la macédoine roulée dans du jambon en entrée. Et puis de gros bifstecks purée comme plat. Les jeunes, il faut que ça mange. On ose à peine parler. On n'en revient pas. Elle ne parle ni mariage ni divorce ni enfant, la grand-mère. Pas de catéchisme. Pas de racolage.

– Ils vous ont mené la vie dure, qu'elle dit simplement.

C'est une catholique pratiquante. Elle ne manquerait pour rien au monde la messe de huit heures ou l'enterrement d'un vieux. Tous les matins elle se tape la grimpette de la rue Saint-François jusqu'à l'église Saint-Eutrope. Un sacré raidillon. Elle a toujours vécu en accord avec ses principes. Les autres peuvent bien penser ce qu'ils veulent, elle s'en fout comme de sa première scarlatine. Elle croit à la force de l'exemple. Aimez-vous les uns les autres. C'est ce qu'elle fait. Sans esbroufe et avec l'efficacité des convaincus. Grâce à elle les parents de Marco se plieront, ainsi que les miens.

D'un dimanche l'autre, nous voilà en pleine parabole. Il ne nous manque qu'un veau gras.

– Entrez ! dit la mère de Marco. Asseyez-vous !

De l'autre côté de la petite salle à manger se trouve la cuisine. Passé la porte, on tombe sur le père. Il est installé là où je le verrai toujours, au bout de la table, face à la télé. Ce n'est pas devant sa télé qu'il est mort, mais dix-sept marches plus haut, dans son lit. On se serre la pince, la gauche. La moitié de sa main droite est restée chez Citroën, quai de Javel. Une machine redescendue trop vite. Il ne lui reste que le pouce. Ça lui fait comme une racine avec un gros orteil au bout. Le père parle peu. Difficile de dire s'il est triste, s'il est heureux, s'il est fatigué ou s'il est indifférent. Je pousse Marco du coude :

– T'inquiète, il est toujours comme ça.

Je veux faire la causette. Marco prévient :

– Arrête ! C'est pas le style.

– Vous prendrez bien l'apéritif, dit la mère, empressée, fatiguée. Elle est coquettement mise. Elle sourit, jamais mièvre.

Pendant la visite nous resterons à table. Il n'y a pas d'autre endroit où se tenir. La toile cirée est remplie de marguerites. On se tient raides autour des marguerites. On sirote un fond d'Ambassadeur. Heureusement qu'il y a la télé. La mère s'est mise en quatre pour faire un grand couscous. Le père a roulé la semoule. Ils y ont passé le samedi. La mère apporte trois grands plats d'agneau, de poulet et de légumes. Le père a détourné les yeux de l'écran pour tendre son assiette que sa femme remplit copieusement. Une fois qu'il est servi, c'est à notre tour de piocher. La mère prendra ce qui reste. Elle sourit, demande si on en veut plus, si on a soif, si c'est bon. Il y a aussi des sauces. Vous devriez essayer. Attention à l'harissa. Ça chauffe.

C'est l'heure des infos. On mange en écoutant religieusement les catastrophes. Après la météo, il y a le feuilleton. On a fini les plats. Le père a repoussé son assiette. Personne n'a décroché un mot sauf la mère, toujours prévenante. Depuis qu'on est arrivés, elle turbine. C'est à peine si elle a pris le temps de poser son fricot sur un coin de table et ses fesses sur un coin de chaise. Au moindre grognement du patriarche, elle bondit. Chaque fois qu'elle se rassoit, j'ai l'impression qu'elle va rendre l'âme. Personne ne pipe.

Je me lève.

Une main m'arrête.

– Bougez pas !

La mère a parlé.

– Laisse, ça lui fait plaisir ! m'explique Marco.

Plaisir ? Ah bon ! J'ai des fourmis dans les pattes et la rage qui monte. Plaisir !.... Personne ne sourcille. Dimanche après dimanche, le scénario est invariable. Lui, au pater, jamais l'idée ne lui viendrait de bouger son cul pour aider. À part rouler la semoule dans les grandes occasions, pour le reste, il est vissé à sa chaise et bien décidé à jamais plus s'en dévisser, pire que s'il avait fait un vœu. Sa moitié se charge de trimer. Il s'est tué à l'usine pour nourrir sa marmaille. Il a fait ce qu'il avait à faire. Maintenant il est en retraite. La mère n'y est pas. Il n'y a pas de retraite pour ces femmes-là. Elles marnent comme elles ont toujours marné à servir l'homme et les fils de l'homme. Jamais elles ne se rebiffent. Jamais un mot plus haut que l'autre. Dures à la tâche. Debout les premières. Les dernières couchées. Voilà. Bienvenue en Corse.

Après déjeuner, j'aide la mère. C'est autorisé et même obligatoire à ce stade. Que je ne fasse rien serait grossier. Le repas que je viens d'avaler, il me faut le repayer d'une manière ou d'une autre. Elle n'est pas ma domestique, mais moi, je suis celle de Marco. Alors, direction la cuisine. La mère se cogne la vaisselle dans un évier tellement bas qu'elle y laisse les reins. Elle lave. J'essuie. Le dernier plat astiqué, la première chaise venue la recueille. Elle grimace en silence. Mais elle ne moufte pas. Ça durera des années. Jusqu'à sa mort. Elle est tombée raide. Comme les chevaux tombent. Dignement. Il neigeait le jour de son enterrement.

Marco et son père jouent aux cartes dans la salle à manger. On les entend se disputer. Marco laisse son père gagner, sinon ce sont des cris à n'en plus finir. Il préfère les parties à quatre, quand ses frères descendent pour les vacances d'été. Après déjeuner, les hommes s'installent au jardin. On peut les entendre rire à l'autre bout du village. Les femmes n'ont pas cette chance. Elles s'affairent dans la cuisine jusqu'à ce que la dernière petite cuillère soit essuyée et rangée.

J'aime bien la mère. Je lui confie plus de choses qu'à la mienne. Elle me raconte la Corse. Elle, c'est une enfant de l'Assistance. Elle n'a jamais su qui étaient ses parents. Elle faisait des kilomètres à pied dans la neige pour se rendre à l'école. Elle aurait aimé continuer. Elle était bonne élève. Mais l'Assistance l'a placée chez des fermiers.

Voilà, ta carrière, ce sera garder les vaches. Personne ne lui a jamais demandé si elle aimait les vaches ou quoi. Le père, lui, a quitté la Kabylie à quinze ans. Il a débarqué seul à Marseille et c'est là qu'ils se sont trouvés. Elle ne m'a jamais raconté la rencontre. Peut-être qu'il n'y avait rien de spécial à en dire. Après Marseille, ils se sont installés à Joinville-le-Pont. Le père n'a connu que la chaîne chez Citroën. La mère a torché et élevé six marmots. Faire des ménages chez les riches entre les marmots. Cantinière le reste du temps. Elle a trimé jusqu'à la mort de son homme. Elle se doutait qu'il planquait du blé. Un jour elle a trouvé le magot. Pas une fortune, mais assez pour se payer du bon temps.

– Dire qu'il ne me donnait rien, qu'elle a dit. Dire qu'il me faisait croire qu'il n'avait rien. Même l'argent du coiffeur, fallait le lui mendier.

Sa voix tremblait. Elle ne pleurait pas. Je ne l'ai jamais vue pleurer. Mais elle s'était fait rouler dans la farine toute une vie et elle comprenait trop tard.

Elle est venue à Bordeaux s'acheter des robes. Elle est allée pour la première fois de sa vie en voyage. L'un dans l'autre, elle n'en a pas longtemps profité. Elle n'avait pas le cœur solide. Du temps du père, une fois, une seule, ils étaient partis en vacances. Le père voulait revoir Tizi-Ouzou. Les filles y étaient belles, avait dit la mère. Des déesses aux yeux clairs. J'avais parlé à Marco de la Kabylie. Est-ce qu'il ne voudrait pas rencontrer ses cousines ? Il m'a fallu du temps pour piger que la première génération née au pays d'Astérix, fallait pas lui parler d'Arabes dans ces années-là. L'histoire avait laissé de trop vilaines traces. Les parents avaient d'ailleurs donné à leurs marmots des prénoms bien gaulois de Gaule, nos ancêtres à moustaches. Marc, j'étais la seule à l'appeler Marco. Pour ses parents, il était Marc, comme sur l'état civil. Le Maghreb et tout ce qui rappelait le Sud, ça faisait tache.

Bref. Le gros de leur vie, en un après-midi, je l'ai su. Premier chapitre Marseille. Second et dernier chapitre Joinville-le-Pont. Retour dans la salle à manger. Marco et son père jouent toujours aux cartes. La télé joue les fonds sonores. On se pose dans un coin pour regarder Jacques Martin. La journée s'épuise. Passer un autre dimanche comme ça, j'appréhende. On repart à la nuit. Dans deux heures nous aurons rejoint Bordeaux par l'autoroute.

– Il faisait la gueule, ton père ?

Marco ignore la question. J'insiste. Il finit par lâcher :

– Mon père est comme il est. Sa vie a été dure.

– C'est pas une raison…

– Il faut avoir été pauvre pour comprendre. Mon milieu, c'est pas le tien !

– C'est pas un handicap non plus !

Marco a allumé une cigarette.

– T'as aucune idée de ce que c'est que de vivre enfermés à huit dans deux pièces. Le dimanche, mon père dormait. C'est tout ce qu'il pouvait faire. Il travaillait comme une bête et nous n'avons jamais manqué de rien. Pour qu'il roupille en paix, ma mère nous traînait au parc. Six morpions sur les bras, ça te dit quelque chose ? J'admire ma mère pour son dévouement.

Je me garde de tout commentaire sur le dévouement, irréprochable en effet.

– Et je respecte mon père pour son courage.

– Mais ton divorce, il t'en parle ? Qu'est-ce qu'ils en pensent ? Tu leur as dit que nous pensions nous marier ?

Marco a poussé la radio un peu plus fort. Une chanson des Stones répond à ma question. Il tire sur sa cigarette. Je n'en saurai pas plus. Le trafic est fluide. Pas d'attente au péage. Trois couscous plus tard, je constate l'ampleur du désastre. Les choses sérieuses, on les aborde entre hommes. Une bonne fois pour toutes. Une seule fois suffit. Inutile de palabrer. Les femmes peuvent râler tant qu'elles veulent dans leurs gamelles, elles n'ont pas voix au chapitre. Les femmes font des enfants et servent à table. À la manière dont l'homme de Tizi-Ouzou me regarde comme si je n'avais jamais été là, j'imagine sans peine qu'une femme sans enfant, à ses yeux, c'est rien qu'une bouche inutile. Un poids mort. Une verrue. Voilà. Bienvenue en Kabylie. Pour une surprise, c'est une surprise… Et Marco là-dedans ? Il plie et fait le gros dos ? Il trouve que c'est normal ? Que sa mère joue les esclaves, c'est chrétien, ça ? L'avenir me fait soudain paniquer. J'allume une cigarette. Une deuxième. L'angoisse me serre la gorge. C'est pas clair, ce truc. Pas clair du tout.

De la parabole au conte de fées, tout finit par arriver. Par un beau dimanche de printemps, nous débarquons au château. À cette époque, madame ma mère est en pleine crise d'aristocratie. Comme rien ne l'arrête, elle s'est offert un bastringue à deux étages en rase campagne, un simili Renaissance construit fin XIXe qui en jette comme il faut. Pas moins de vingt-deux fenêtres en façade. Quatre salons et quatre salles à manger au rez-de-chaussée. Des meubles, des statues, des tableaux, des consoles, des saletés en veux-tu en voilà. Elle aime le clinquant. Elle en fait toujours trop. Le doré, c'est spécial. Mieux vaut avoir la main légère.

Pour Marco et moi, c'est l'épreuve de force.

On nous fait entrer par le grand perron. Le Louis XV, moi, je trouve ça pas mal. Marco trouve ça ringard. Première station de croix au salon. Les onze autres se feront à table. Je retrouve mon paternel fidèle à lui-même. Il fait de la figuration. Je devine qu'il est vaguement content de me revoir. Mon père est une eau tranquille. Mais sous l'eau qui dort se cache un homme imprévisible. Pendant l'apéritif tout le monde s'épie. Deux de mes trois frères vivent chez mes parents. Ils vivent ensemble. Ils travaillent ensemble. Ce sont mes frères. Mes aînés. Ils forment un bloc compact. Ils font corps. Ils étaient habillés pareil quand ils étaient petits. Ils haïssaient ça, et ils se sont haïs ensuite. Nous n'avons jamais formé une famille très unie. Je les connais peu à cette époque. Je me suis longtemps méfiée d'eux. Ma mère s'est toujours amusée à semer la zizanie entre nous. Diviser pour mieux régner.

Notre hôtesse a mis les petits plats dans les grands. Le repas sera bêtement pénible et stupidement long. On joue au Yo-Yo en ce dimanche de retrouvailles. Un coup, on se rapproche, un coup, on s'éloigne. On voudrait se parler. On ne sait comment s'y prendre. Chacune de nous est maladroite. Elle m'entraîne à l'écart, me dit un truc drôle. Elle côtoie des gens de toutes sortes dans son agence immobilière. Elle a toujours plein d'anecdotes saugrenues à raconter. Et que je le veuille ou non, ses blagues me dérident. Elle me glisse au passage qu'elle est contente de rattraper le temps perdu. Nous nous sourions. Tout baigne. Ne pas crier victoire. À peine repartie :

– Qu'est-ce qu'elle t'a dit ?

Ma grand-mère a bondi. Elle n'en a pas perdu une.

– Rien, elle me parlait de l'agence.

– Pourquoi faire des messes basses ? Si ça se trouve, elle disait du mal de ton père… ou de moi !

Je hausse les épaules :

– Elle a bien le droit de me parler, non ?

– Alors, c'est le grand amour entre vous ? C'est vrai, j'oubliais, siffle-t-elle. Ton jules fait l'unanimité. Elle l'approuve. Mais à moi, il ne me plaît pas, ce type… et c'est pas demain la veille que vous aurez ma bénédiction.

Ma mère est revenue, tout sourire. Je l'écoute distraitement. Je fais de la charpie avec mon pain, la tête ailleurs. La reine mère rit sous cape qui me connaît mieux que si elle m'avait faite. À son tour de jubiler. Je suis l'eau qui fait tourner son moulin. Tout ce qu'elle a su distiller depuis que j'ai rencontré Marco, c'est du vinaigre.

Du temps passe.

On classe mon affaire dont on oublie les détails, même les plus sordides. Nous reviendrons de plus en plus souvent au château, Marco et moi. Avec les années la famille s'agrandit. Il y a une belle-sœur et un enfant. Puis deux, puis trois belles-sœurs et des enfants. Le fils de Marco se joint à la tablée. Je m'improvise belle-mère. Pas facile. Ici, nul besoin de télé, on se charge du bordel à nous tous. Ma mère donne le ton. Elle a le verbe haut. Le dimanche, c'est son jour de gloire. Elle est de toutes les conversations. Il n'y en a pas deux dans le tas qui pensent pareil. Il y a les affinités entre femmes. Entre celles qui travaillent. Nous avons les mêmes soucis. Nous tenons les mêmes propos. Ma mère est dans ce camp-là. En elle rien n'est conventionnel, c'est le moins qu'on puisse dire. Elle s'amuse à bousculer les routines, les idées reçues et les autres. Surtout les autres. Ils sont la cible privilégiée de ses piques. Son mari, ses enfants, ses belles-filles. Quand elle en a un dans le nez, elle est épuisante. Les vies sous cloche la font rire. Les femmes entretenues la font hurler. La blonde de la pharmacie ? L'embijoutée qui vous prend de haut ? Ah, la mère Granion ! Elle s'est pas bien fatiguée dans la vie, la mère Granion. Coincer un pharmacien. Écarter les cuisses. Se faire engrosser et par ici la monnaie ! Tu parles d'un exploit ! Tout ça, à dégager ! qu'elle rugit en balayant l'air du bras. Ses raisonnements, si extrêmes soient-ils, tiennent la route. Les hommes nous exploitent, affirme-t-elle. Ils nous ont toujours exploitées. De vrais maquereaux. Ils ne sont quand même pas manchots. Laver leurs chaussettes, faire la cuisine, passer un coup de balai, ils le peuvent aussi bien que nous. Elle ricane. Elle n'a jamais lu Marx, elle parle d'instinct. Personne ne relève. Et pour cause. Elle pense à son mari. Elle pense à ses fils. Il y a les animosités, souvent politiques. Le ton monte. Les insultes pleuvent. S'il y a bien une règle sur laquelle nous nous asseyons, c'est celle qui veut qu'on ne parle ni politique ni religion autour d'une table. Nous, nous parlons de tout, d'argent et même de cul. Ma mère en tête. Il arrive que ma grand-mère quitte le repas pour aller s'effondrer dans un fauteuil, la main pressée sur son ulcère. Trop, c'est trop. Il y a toujours eu une frénésie un peu démente chez nous. Des manières, ma mère a bien essayé de nous en inculquer. Mes frères sont allés en pension chez les curetons, et moi, chez les bonnes sœurs. Faut croire qu'on a tout oublié en route. Cette fureur, ce bordel, ce cirque, c'est nous. Il faut qu'on la ramène, il faut qu'on gueule, il faut qu'on fasse du barouf. On a ça en commun du plus petit au plus grand. Ça s'agite, ça se prend à partie, ça s'interpelle, ça se hèle, ça se gondole, ça se bidonne, ça s'esclaffe.

Une panique comme ça, je ne l'ai jamais revue nulle part. C'est notre marque de fabrique. Personne ne peut piger. Au début Marco n'en croit pas ses oreilles. Il a pourtant des frères lui aussi, mais ils ne sont pas aussi barjos. Son père n'aurait jamais supporté. Voilà. Bienvenue chez les miens.

Mais au final, les miens, c'est un grand chahut. Personne n'écoute personne. Je le sais depuis toujours. Elle est là notre malédiction. Notre violence est tribale. Pour un peu, on se sauterait à la gorge. Marco me regarde, nous regarde et hausse les épaules. Il sait que c'est un grand bordel qui voudrait ressembler à une famille, mais qui n'en est pas une. C'est juste du ramdam. De la haine à peine maquillée. La preuve : relégué au bout de la table, dos à la cheminée, il y a mon père. Il a fermé les écoutilles et adieu la compagnie. Personne ne lui prête attention. Mes frères le méprisent. Et ça fait des lustres que c'est comme ça. L'ancêtre est affairé à picorer dans son assiette. Il y pêche parfois quelque chose de dur qu'il accroche du bout de sa fourchette. Pauvre père. Il n'est pas de ce monde. Il est cette autre moitié qui me constitue, étrangère, lointaine et absente. Il a grandi dans le bush. Les pieds nus dans le sable. Les gamins qui poussent en Australie sont différents. Ils pètent de santé. Ils respirent le bonheur. Nager dans les rivières. Attraper des poissons. Robinson tous les jours de la semaine. Et le grand ciel bleu au-dessus de leur tête. Jamais un seul nuage dans ce ciel-là, juste les silhouettes blanches des eucalyptus qui s'y balancent. Maintenant, de santé, mon père n'en a plus bézef. Il n'entend plus. Il ne voit plus ou juste du coton. Il tâtonne dans sa boîte de médocs en demandant toujours lequel est lequel. Parfois il dit qu'il va sauter par la fenêtre du second. Et l'Australie, il n'en parle jamais. Quand il dit Perth, sa ville natale, il prononce à la française, et ça donne : perte. Elle est là l'histoire de toute sa vie : son paradis, il l'a définitivement perdu et jamais retrouvé.

2

Je travaille dur.

Écrire, passer des examens. Passer des examens, écrire. Des journées entières bouclée. Les printemps défilent et je n'en vois rien. Je sors de chez moi, hagarde. Les arbres sont déjà lourds de feuilles. J'enrage. J'ai une fois encore loupé l'arrivée des bourgeons. Le printemps s'est pointé en douce tandis que je révisais mes examens.

Et un jour, comme mes camarades, comme tout le monde, j'ai mon diplôme, ou plutôt je le décroche selon la formule consacrée, comme la queue du Mickey. Apte au service. J'entre dans la carrière. Je suis professeur. Ma grand-mère est aux anges. Elle m'a tellement vanté les mérites de la fonction publique. Un futur en or. Des vacances. Une retraite assurée. Ma mère hausse les épaules. Elle aurait préféré m'embaucher à l'agence, mes frères y travaillent bien, mais si ça m'amuse d'aller jouer les gardes-chiourmes, pourquoi pas ? Il faut de tout pour faire un monde. Je ne sais pas très bien ce que je fais dans mon petit costume de fonctionnaire, mais il est trop tard pour faire machine arrière.

Nous quittons le studio pour une maisonnette. Cette fois-ci nous avons des meubles, des livres et mille trucs inutiles qui nous procurent l'illusion d'une certaine aisance. Nous nous marions. L'affaire est expédiée vite fait bien fait. Marco et moi, nous vivons ensemble depuis belle lurette et nous sommes parfaitement heureux sans estampille officielle. Le mariage, on n'y a jamais pensé. Nous sommes de la génération de l'union libre, de celle qui faisait jaser les commères. La vraie raison, c'est pour les points. Le mariage m'évitera peut-être d'être mutée à Perpète-les-Oies. Les mutations se calculent en bons de la Semeuse. Il faut avoir capitalisé mari et enfants pour que ça vous rapporte. Le jour de l'exécution, je pianote mon nom sur le Minitel. Je n'en crois pas l'écran. Même bague au doigt, je suis mutée à Perpète-les-Oies. Quatre heures de train vers le nord. Le syndicat m'obtient la ligne directe. Ça m'évitera la joie des correspondances et d'interminables attentes dans des gares mal chauffées.

J'abandonne mes rues pour d'autres rues, mon supermarché pour un autre supermarché, mes voisins pour d'autres inconnus. J'abandonne surtout Marco. C'est un coup dur. Ni lui ni moi n'imaginons quelles en seront les tristes conséquences. La vie se charge de nous mater. Nous avons été heureux, très heureux. Nous avons tenu bon dans la tourmente. Maintenant il faut payer. L'équation est simplissime. Dans l'existence on a un truc. Et la vie vous l'enlève. Aucune couple digne de ce nom n'aime être séparé. Moi, j'aime Marco quand il est là. J'aime le voir, le toucher, l'embrasser. On se fait une raison. Marco dit que ça ne va pas durer, que je vais me rapprocher, qu'il faut être patient. On dit toujours ça les premières années.

Mon cauchemar numéro deux sera la course contre le temps.

Étudiante, j'avais toujours réussi à coincer une page d'écriture ici ou là. Mes journées étaient aussi élastiques que je le voulais. Facile. Je séchais. Ensuite j'ai bêtement cru qu'un métier qui vous offre des vacances qu'on croit toujours élastiques, mais qui se rétrécissent salement entre l'angine qui fleurit au premier jour de quille et les copies entassées dans les tiroirs, était la solution rêvée pour arracher du temps au temps. Quelle blague ! Pendant des années il me faudra compartimenter mes deux métiers jusqu'à la schizophrénie. J'avais été une enfant double, j'avais été une étudiante double, j'avais été une jeune femme double. Suivant cette logique implacable, je deviendrai une prof double. Un Janus fou condamné à mentir. Toujours mentir. Toujours cacher.

Marco est rassuré que j'aie un boulot stable. Le salaire tombera chaque mois. Pas question pour autant d'acheter une bicoque : beaucoup trop cher. Et puis les familles nous ouvrent leur porte le dimanche. C'est déjà beau. On nous fait l'aumône d'un repas, mais pour ce qui est de nous installer dans nos murs, à nous de nous démerder. Du coup, on s'installera jamais.

En août j'ai fait mes valises.

J'avais signé. Il fallait s'exécuter. Je suis partie. On s'est dit qu'on était forts, Marco et moi. On n'a pas pleuré. On a pleuré après, quand on a été seuls. J'ai découvert les longs trajets en compagnie de mes frères transhumants. On allait au turbin en traînant les pieds. Quatre heures de dur, allez, je n'étais pas la plus à plaindre. Les rectorats déracinaient les célibataires pour les expédier aux cinq cents diables. Le coron se porte bien chez les jeunes mutés. Dans les tortillards, j'ai continué d'écrire. La cadence me vidait. Les idées me venaient. L'atmosphère clinique du Corail déserté des lundis soirs m'inspirait. Je traversais des régions dont j'ignorais les noms. Des campagnes désolées qui n'ont rien de lyrique. Un paysage d'une laideur à vous flanquer le mouron. Les petites maisons défilaient, les mêmes chaque semaine. Toujours tristes. Le crépi un peu verdi en hiver, bordées de leurs plates-bandes de pétunias roses en été. Alignées comme un rang de flics, déprimantes quelle que soit la saison. Dedans il y avait des gens qui regardaient « Le Juste Prix » en avalant leur soupe. Les rues étaient vides. Une voix annonçait : Angoulême. Trois minutes d'arrêt... Saint-Pierre-des-Corps. Blois. Quand j'apercevais les cylindres des centrales qui illuminaient la nuit, j'empoignais ma vache. C'était à mon tour d'aller affronter le froid, la pluie et le vent d'hiver. Oui, j'ai beaucoup écrit pendant ces années SNCF. Ça m'a permis de ne pas crever. J'ai terminé plusieurs nouvelles. J'ai écrit *L'Ami intime.* J'ai appris à travailler mon tempo. Essentiel, le tempo. Le lendemain il fallait ranger le roman, oublier les rythmes, oublier les mots. J'ai commencé à enseigner avec intérêt. J'ai continué avec désespoir. J'ai terminé avec haine. Aux jeunes profs, on réservait le gratin. Les zéros pointés dont personne ne voulait. Les élèves que personne n'avait jamais pu mater. Les heures impossibles, les plus dures, quand les chéris se déchaînent, le vendredi de trois à cinq. Il fallait des larbins, c'était dans les habitudes. Le bizutage, c'est du berceau à la tombe et dans tous les milieux. Difficile d'y échapper. Les chefs aiment bien se faire les dents. La rentrée scolaire leur offre toujours une réserve de chasse idéale.

J'ai cependant connu là le joyeux sentiment d'appartenir à un groupe. On faisait le même métier. On pétait de trouille aux mêmes endroits. On avait aussi les mêmes ennemis. Ça crée des liens. On appelle ça la communauté humaine. Mais j'appartenais au camp des lâches qui se feront la belle quand la bataille battra son plein. Et la suite a prouvé que mon camp était bien celui des déserteurs. L'écriture est une activité solitaire. Du fait même qu'elle prend racine dans l'isolement et qu'elle s'en nourrit, cette activité vous coupe du monde jusqu'à vous rendre inadapté et il m'arrive parfois de regretter la chaleur du groupe que j'ai fui, le chahut de la salle des profs, la pause-café, les rigolades. On partageait les mêmes plaisirs et les mêmes peurs. Quand on écrit, on ne partage rien. On ne voit jamais qui se trouve à l'autre bout du dialogue.

Ma vie que je n'aimais pas, je l'ai traversée en pilote automatique. D'abord la valise. J'empaquetais les yeux fermés. Ensuite le départ. Le train. Un jour, je me suis rapprochée et ce fut en voiture que j'ai rejoint mon bahut. Le petit bloc de solitude nommé automobile. L'impression qu'on peut s'arrêter dans ce joli village, cueillir des champignons dans ce bois, gambader dans cette prairie. Mais non. On ne s'arrête jamais. Le temps vous est toujours compté. On va d'un point à un autre et toujours le plus vite possible. Dans le petit matin d'hiver, le brouillard glue les pare-chocs les uns aux autres. Il m'est impossible de mettre deux idées bout à bout. Métro-boulot-dodo. Eh oui. On finit tous dans la même panade. Tout le monde autour de moi flotte en plein malaise. Alors on avale du Prozac le jour et du Valium le soir, puisqu'il y a tout un assortiment de pilules qui peignent la vie en rose. C'est comme un voile épais tiré devant son mal. Ce qu'on faisait automatiquement sans plaisir, on le fait désormais machinalement sans déplaisir. Ça n'a rien à voir avec le bonheur. Faut pas pousser.

Ce qui m'arrive est normal. Juste un coup de blues. Je tourne en rond comme un hamster en cage. La radio verse son sang. Trente morts en Afghanistan. Un quart d'heure qu'on est coincés dans ce foutu virage. J'enrage. Il est déjà moins le quart. Je vais être en retard. Trente morts. On a avancé de deux mètres. Assez pour contempler la laideur du paysage urbain. C'est gratiné, les bords d'autoroute. Une voiture piégée a explosé. Moins cinq. Les surveillants vont faire monter les troisième en classe. Ça sera le bordel quand j'arriverai. Une heure pour les calmer. Trente morts. Au bout de la quatrième fois, les morts sont entrés dans mon système. Le soir à la télé les trente morts appartiennent déjà à hier. Demain je pourrai me repaître d'un stock d'infos neuves. Des cyclones, des raz de marées, des corruptions électorales, des voitures piégées. Est-ce que je vais passer ma vie les deux mains agrippées au volant à pleurer dans les embouteillages le matin et à chialer dans mes poêles à frire le soir ? Non, je n'y crois pas. Il faut écrire, continuer d'écrire, trouver le temps, travailler double, triple, creuser comme une taupe, ça me sauvera. Je vais m'en tirer. Elle est là ma force et ma porte de sortie. Ça ressemble sacrément à une traversée du désert, mais dans ces moments-là, faut juste avancer et y croire. Cherche pas. Rame et fonce droit devant, ma fille.

3

Marco est témoin.

Il n'a jamais exactement compris ou voulu comprendre ou tout simplement admis, allez savoir, que de taper sur une machine à écrire après avoir tapé sur mon piano m'était aussi indispensable que de manger ou de boire. La difficulté de la vie d'artiste réside peut-être là. À qui n'a jamais partagé l'existence d'un créateur, il est difficile d'expliquer que le quotidien est souvent infernal et qu'il peut vite le devenir pour celui qui le partage. Des journées de dix heures, des sacrifices, une discipline de fer, jamais de vacances parce qu'on ne se met pas en vacances de soi. L'écriture ou toute autre forme de création n'a rien d'un passe-temps agréable qui occuperait l'ennui du dimanche ou le vide de la retraite. La vie d'un artiste se définit par son degré d'engagement. Ce degré peut être incompréhensible au commun des mortels tant il peut friser la démence. On parle souvent de vocation : le terme se justifie, car on entre en écriture comme on entre en religion. Un bon livre, c'est d'abord beaucoup d'heures de travail. Un effort au-delà de ce qu'on imagine. Les écrivains ne le disent pas. Ils préfèrent dire que ça leur vient sans y penser, le matin de préférence. Ils sont poètes et ils ont leur orgueil.

La période que j'ai toujours trouvée la plus éprouvante est celle qui précède l'écriture d'un texte. La gestation, pour reprendre une métaphore courante et un peu plate. Les idées se forment pour se dérober aussi vite. Autant vouloir attraper des nuages. Des fantômes de livres, des lambeaux de phrases viennent nous hanter. On devient nerveux, irritable, et souvent odieux. Tout l'être est travaillé par le besoin de faire un bond dans le temps qu'on voudrait écourter. En finir. Tout souffre. Bien des semaines, parfois des mois, quand ce n'est pas des années plus tard, la chose a pris forme et le texte vous vient. C'est un moment très spécial, unique, miraculeux. Un matin on saute du lit. On est radieux, excité, euphorique. Le texte est là. On a même l'impression trompeuse qu'il est là dans son entier et qu'il suffirait d'une semaine pour l'écrire tellement la nébuleuse s'est muée en évidence. Une semaine ?... Quelle folie ! Un texte s'écrit sur une période qui varie entre quelques mois et plusieurs années. Chaque matin, on y va. Chaque matin on se rend dans cette zone et on y reste. Se laisser porter. Juste faire les choses à l'instinct. Surtout ne jamais trop réfléchir ou chercher à savoir pourquoi. Plonger en apnée, c'est le gros du boulot. Il y a des jours qui sont de pure euphorie. Les plaisirs du kif à côté, c'est que dalle. Des jours d'ivresse. Attention aux lendemains qui déchantent. Le texte est là devant soi, plat, distancié. C'est le texte d'un autre. Parallèlement à ce qu'on a écrit, il y a ce qu'on aurait voulu écrire, ce qu'on aurait dû écrire ou ce qu'on aurait pu écrire... On n'a jamais la chance de voir le texte comme le lecteur le verra. La part la plus ingrate du boulot réside dans la lutte permanente qu'il faut mener pour résister aux rages haineuses qui vous poussent au matin à vouloir détruire ce que vous avez écrit la veille. Un pas en avant, deux en arrière. Avec de tels principes, aucun livre n'aurait jamais vu le jour et c'eût été dommage ! Il faut garder le bancal, l'apprivoiser, le retravailler, le raccourcir ici, le rallonger là, lui donner du corps, du coffre, du rythme, de la couleur, des contrastes, des pleins et des déliés, des toboggans, des ponts suspendus, finir par l'aimer sans adoration et le considérer sans haine, prendre sur soi surtout, courage et endurance, les deux mamelles de l'écrivain, juste prendre sur soi et se dire qu'on est seulement fatigué et qu'on a besoin d'un break. La haine va passer. Elle va se transmuer en amour. En pages supplémentaires. On voudrait faire autre chose parfois : bricoler, jardiner, nager, mais le texte est là – à portée de tête. Il vous hante et vous pourrit l'existence. On a cet air absent. À quoi penses-tu ? Rien, oh rien !... Vrai de vrai, les idées n'arrêtent jamais de vous labourer la tête. Et dans les pires heures vous vient le dégoût, oh ! un dégoût si profond ! Toutes ces heures perdues à se creuser. Un livre de plus ou de moins, hein ? Est-ce qu'il n'y en pas assez de publiés comme ça ? Pourquoi aller grossir les rayons ? Des caisses entières qui leur arrivent chaque jour aux pauvres libraires. Pour quoi ? Pour qui ? Personne ne lit plus de toute façon. Et puis on se calme, la machine repart, c'était juste un coup de blues. On croit à ce métier qui n'en est pas un puisqu'il vous rapporte des fifrelins. On replonge. Et on espère que cette fois-ci, on finira par les capter, ces foutus nuages. Le tout, c'est d'avoir les nerfs solides pour ne pas flancher.

Enfin, celui qui a le plus de mal à l'admettre est votre partenaire.

Le célibat est très indiqué. Et quand les rôles sont inversés, ça coince vite. Madame réfléchit derrière sa machine, madame a des humeurs, madame ne se coiffe plus, madame ne se lave plus, madame ne parle plus, madame n'a pas la tête à la bagatelle, madame se lève la nuit pour prendre des notes. Pendant ce temps monsieur se rue au supermarché, repasse le linge, remplit le frigo, s'active aux fourneaux, passe l'aspirateur, prend en main la paperasserie et règle les factures en temps et heure, et s'occupe des mouflets, si mouflets il y a. Avec Marco, le scénario est tout autre. Le partage des tâches, il n'a toujours pas compris ce que c'est. Ça le fait même rigoler de penser qu'il pourrait laver mes petites culottes. Il me baratine toujours pour se défiler. Il est fatigué, il a mal aux jambes, je suis la plus jeune des deux, enfin, des excuses il en a une liste plus longue que le bras. Et puis je travaille, oui, d'accord, mais j'ai juste un métier comme ça, pas un vrai métier, un métier de nana quoi, et parce que mon métier de nana me laisse du temps, je me cogne les tâches domestiques. Prof, parfait, je colle parfaitement à mon rôle, parce que prof, c'est bien connu, c'est le métier idéal pour une femme. Il y a du temps libre et des vacances bien placées au cas où on aurait l'intention de mettre les ovaires en service. L'équation crache son résultat. Harmonieux, mine de rien.

– Toi, tu ne fais que dix-huit heures par semaine, explique Marco. C'est pas pareil !...

Ben, c'est pas pareil ! Enfin, si on veut... C'est surtout injuste.

Et puis j'écris, oui, d'accord, mais j'écris surtout pour passer le temps. Pas pour décrocher le Goncourt. Je pourrais aussi bien faire du tricot ou du macramé. Ou des enfants, pourquoi pas ?

C'est à partir de là que nos bateaux se sont éloignés jusqu'à se perdre de vue. J'ai commencé à lui en vouloir sérieusement de se moquer de moi avec un tel culot. On a continué de bien s'entendre tant que je n'ai pas trop pris au sérieux ce truc d'écriture. Marco rentrait. La table était mise et le repas prêt. Un repas que j'avais bidouillé dare-dare, cramé la plupart du temps, ce qu'on ne manquait pas de me faire remarquer. Des longues heures d'écriture, des soirs où je marchais comme si je volais, heureuse de mes premiers textes qui commençaient à tenir debout, transportée d'avoir compris des mécanismes internes au roman, les ficelles du métier quoi, mais quand on les manie pile-poil ces fameuses ficelles après s'être trituré le cerveau des années, c'est quand même divin, de tout ça, Marco n'a jamais rien su et n'a jamais rien voulu savoir.

Je cachais mes déboires, le refus des éditeurs, ma honte. Aucun manuscrit ne passait la rampe. Aucune envie de la ramener. C'était mon chagrin à moi. Ma solitude à moi. Je m'y étais emmurée vivante. J'ai passé treize ans dans cette tour-là. J'étais une doublure de moi-même. On parlait d'autre chose, des vrais problèmes, des problèmes du travail, des siens. L'important était le monde cruel du dehors où l'on affronte l'adversité, la cruauté des patrons, les injustices sociales. Pas le monde du dedans. Parce que dedans, c'est rien que du mou et des chimères. Et les chimères, c'est juste un truc de nana qui déprime.

4

Je joue mission impossible chaque fois que j'ai quelques jours de liberté, troquant une casquette pour une autre, reprenant mon dernier paragraphe là où je l'ai abandonné. Chaque été, les mêmes querelles éclatent. Marco veut partir. Je veux rester. J'ai du travail.

– J'ai un manuscrit à terminer. Je te rejoindrai plus tard.

– Tu plaisantes ou quoi ? On part ensemble, on est déjà séparés toute l'année et tu veux rester seule ! C'est sympa pour moi…

– Alors j'emporte ma machine !

Il m'a déjà harponné le bras :

– Non ! Pas question d'emmener ton engin de malheur !

Je repose ma machine.

– J'ai presque terminé un roman. J'ai juste besoin d'une semaine.

J'ai fourré mon manuscrit dans un sac.

– Jamais tu n'as envie de penser à autre chose ? Jamais tu ne décroches ?

Je sors le manuscrit du sac.

– J'emporte ma machine alors ?

– Arrête, tu m'agaces !

– T'es comme ton père, tiens ! Donner des ordres et je m'exécute ? Pourquoi j'obéirais. Les temps ont changé, mon petit père !

– Si tu veux le divorce, c'est bien parti…

Au final la machine reste derrière. J'escamote discrètement mon manuscrit derrière un magazine avant de le fourrer dans mon sac.

Nous partons en vacances. Heureux temps des bronzettes et des baignades !… Je fais la gueule. Marco aussi.

On rejoint mes beaux-parents ou les frères de Marco. Je piaffe. Impossible de m'isoler pour réfléchir. On penserait que je snobe la compagnie. Un mois sans pouvoir écrire. Quel gâchis. Je parle de mon métier, des élèves. Je fais semblant. Je m'en fous. Cet univers n'est pas le mien et ne le sera jamais. Désolée, ça ne marche pas aussi facilement que ça, la vie… Hein ? Qui parle ? J'ai dit que ça ne marche pas aussi facilement que ça, la vie, me répète-t-elle. Ah ! C'est elle… C'est la voix. Oui, il y a une méchante voix en moi qui s'amuse à me nuire. Elle s'amène toujours dans les pires moments !… Tu t'enfonces, me dit-elle. Tu as voulu jouer les agents doubles, mais tu n'as pas la carrure. Il fallait choisir ton camp dès le départ. Tu l'as bien cherché. Tu paies le prix de tes faiblesses. Minute !…. que je rétorque. Je voulais gagner ma vie. Je ne dépends de personne. Est-ce que j'avais d'autre choix ? Taratata, la solitude était un choix. Le mariage est une solution de facilité. Tu as voulu qu'un homme, un vrai, te tienne la main pour t'aider à traverser la rue. Tu t'es déniché un micheton, eh bien maintenant, tu lui obéis à ton micheton. File doux, ma fille ! Et bichonne-le, ton marlou, parce que si tu continues comme ça, il va aller voir ailleurs. C'est couru. Il te fallait être qui tu souhaitais être sans prendre un chemin foireux. Ne dépendre de personne et assurer ton indépendance seule. Ta mère et ta grand-mère te l'avaient pourtant dit ! Hep ! que je réplique. C'est beaucoup plus compliqué. Est-ce que j'ai vraiment eu le choix ? Est-ce que la vie, mon milieu, mes habitudes et les valeurs dont j'ai héritées m'ont ouvert les mêmes portes qu'aux autres ? Est-ce que j'étais culturellement libre d'orienter ma vie dans le sens que j'avais souhaité ? La voix ricane : bien sûr que tu étais libre ! Regarde autour de toi, tu as pourtant des amis artistes qui n'ont jamais eu peur de s'affirmer, eux. Depuis qu'ils ont dix-huit ans, ils turbinent à des expos, des livres, des projets. Ils déménagent et montent à Paris. Ils visent l'étranger, postulent pour la Villa Médicis, fricotent avec le culturel. Ils se font des relations. Ils mentionnent des noms qui te sont inconnus. Ils n'ont pas de complexes. Attends ! Est-ce que j'ai eu la liberté de tout choisir, de tout explorer, de tout oser ? Balivernes... qu'elle dit. Nous avons le choix, bien sûr que nous avons le choix de nos actes. Il fallait t'en donner les moyens. Trop facile d'accuser la terre entière de ton échec...

5

C'est faux. Je le sais. Tout ce qu'elle me dit est faux, la garce.

Je le sais, je le sens mais je ne parviens pas à démêler le pourquoi du comment. Tout est si confus. Il me faudra du temps pour clarifier la chose. Il me faudra presque une vie. Ce que je ne savais pas, ce que ni ma mère, ni mon père, ni mes grands-parents ne m'avaient jamais dit, c'est que j'étais une femme. Un matin face à mon miroir j'ai pris conscience que je n'étais qu'une femme. Eh oui, il était là le hic. C'est pourtant élémentaire, il m'a cependant fallu des années pour résoudre l'équation à une seule inconnue. Pour une forte en maths, quel exploit ! On ne pige jamais tout d'entrée de jeu. La révélation vous est généralement livrée en kit. Les potes de fac qui poursuivaient leurs ambitions artistiques étaient des garçons, eux. Et puis fallait voir les parents. Ils n'avaient pas attendu la Révolution d'octobre pour gamberger. Les méninges travaillaient depuis plusieurs générations là-dedans. À moi, personne n'avait fait la courte échelle côté comprenette. Étrange que je n'aie jamais fait le rapprochement entre qui est qui et qui fait quoi ?...

Oui, je n'étais qu'une femme. Je ne le savais donc pas ?

Qu'est-ce que je voyais chaque matin dans le miroir ? On ne comprend pas qu'on est une femme tout de suite. La prise de conscience est longue, douloureuse, intransmissible. Impossible de brûler les étapes. Mais personne ne nous aide à ouvrir les yeux. Plus les années passent, plus notre malaise grandit mais combien d'entre nous ont les mots qu'il faut pour l'exprimer ? Certaines comprennent que quelque chose ne va pas, d'autres sentent que la maternité ne les a pas toujours comblées. Elles savent que les tâches ménagères sont répétitives et ennuyeuses, elles s'ennuient chez elle entre leurs quatre murs, elles deviennent folles de tant de solitude, mais puisque personne ne dit rien, pourquoi se plaindraient-elles ? Au début on est tous pareils, jeunes, naïfs, pleins d'illusions et d'enthousiasme. Une minette qui sourit aux taxis, à laquelle on passe ses caprices et puis la jeunesse et la beauté s'envolent, et c'est au nombre de portes qu'on vous claque au nez qu'on percute. C'est au premier regard d'indifférence qu'on s'inquiète. C'est à la première blague méprisante qu'on s'affole. Le sésame d'un grand sourire n'opère plus. Même si on a du mal à l'admettre on se dit qu'il doit quand même y avoir un lien de cause à effet. Les impasses, les conditionnements, les pièges et l'apathie ambiante sont si subtils qu'il faut avoir la comprenette bien aiguisée pour les décrypter. Dès qu'une femme ne veut plus chanter comme au temps jadis ils se marièrent et eurent beaucoup d'enfants, sa marge de manœuvre est terriblement entravée. Non, peut-être n'avez-vous pas remarqué, et je vais vous dire pourquoi vous n'avez pas remarqué. C'est parce vous êtes né homme. Mais si vous êtes une ménagère de plus de cinquante ans, si vous avez connu les années soixante-dix et si vous avez encore du goût pour la révolte, vous savez à quoi je fais allusion. Derrière ce que la plupart de nos contemporains intoxiqués par l'habitude et endormis par les discours dominants, considèrent comme une question qui ne se pose même pas, je vois des injustices qui perdurent. Avez-vous remarqué que lorsqu'une femme se révolte contre sa position subalterne, on la tourne en dérision ? Dès qu'une femme joue les fortes têtes, ces messieurs montrent les dents. Dès qu'une femme refuse d'accomplir son traditionnel *destin* de femme, on la montre du doigt. Dès qu'une femme pense de trop, on l'accuse de sorcellerie. Dès qu'une femme accède aux affaires et au monde de l'argent – et qu'elle y accède par son seul travail et sans appui particulier –, on l'accuse d'avoir hérité, volé ou raflé quelque magot. C'est à son père, à son mari ou à son ex qu'elle est redevable de sa bonne fortune. Parallèlement dès qu'une femme excelle dans le monde de la pensée, on l'accuse d'avoir hérité, volé ou raflé ses idées. C'est à un amant ou à un maître qu'elle doit son essor intellectuel. Car une femme ne saurait s'être faite elle-même au même titre qu'un homme. Ne fut-elle pas tirée originellement de la côte d'un mâle ? Partant de ce vieux principe, le mythe est là pour nous rappeler que nous arriverons toujours secondes. On voudrait nous infantiliser jusque dans l'âge adulte. Ce que la femme possède, elle l'a bien évidemment reçu. Ce que l'homme possède, il l'a bien évidemment façonné de toutes pièces. Il en va de sa virilité. Être mère en revanche, c'est tant qu'on veut. Notre salut est dans nos entrailles. On peut tomber en cloque tous les matins. On nous donnera même une médaille si on en fait cinq d'un coup. En gros, la femme accède au statut d'être humain avec son ventre, pas avec sa tête. Et c'est toujours grâce à la sacro-sainte maternité qu'une femme prend du galon. S'il lui arrive de refuser la promotion du ventre, on crie haro sur le baudet. Le gynécée lui-même s'indigne haut et fort. Et pourtant la vie d'une femme devrait aussi se penser *sans* maternité, *sans* enfant, *sans* descendance. Car la vie d'une femme *sans* enfant est tout aussi concevable et riche qu'une autre. Et pour beaucoup de femmes, la maternité n'est pas synonyme de bonheur. Certaines jeunes mères le murmurent en s'excusant presque d'avouer ce crime contre nature. *Tota mulier in utero*, qu'ils disaient, ces messieurs les savants. Eh bien, ils ont tout faux. Les femmes ne pensent pas avec leur ventre, mais avec leur tête comme tout être humain qui se respecte. Et une femme qui pense – même de trop – n'est ni contre-nature ni dénaturée. Mais comment trouver sa voie dans un système pensé par les hommes et destiné aux hommes ? Comment trouver sa place au milieu de discours politiques, juridiques, religieux, psychanalytiques rédigés depuis toujours par des hommes et qui continuent d'être rédigés par des hommes ? La psychanalyse nous explique qu'il manque à la femme cet organe qu'elle envie et désire : le pénis. Et c'est à partir de ce manque-là que nous développons nos complexes et nourrissons nos frustrations. Les hommes, beaucoup plus chanceux, subliment leur désir d'enfant dans l'action ou la création, mais les femmes, non. C'est bête, hein ? Puisqu'elles sont comblées par la maternité, elles y rayonnent et, partant de ce principe, elles n'aspireront à rien d'autre !... Et surtout qu'elles n'aspirent à rien d'autre, s'il vous plaît ! Elles pourraient détrôner ces beaux messieurs et froisser leur orgueil. La sublimation, l'ambition et les grands destins, ce n'est donc pas pour nous. Nous oublions simplement que ces discours subjectifs, donc incomplets, émanent d'intellectuels forgés par leur milieu aux valeurs d'une *gentry* conservatrice qui voit le monde comme papa et grand-papa le voyaient. Freud, si génial soit-il, ne fait pas exception à la règle. Les femmes aux fourneaux et à torcher les mômes. Et les choses n'ont guère changé. Les hommes continuent de penser pour nous. Les femmes gagnent leur pitance de nos jours, certes, et on pourrait croire que c'est une évolution, mais elles paient le prix de cette liberté-là par une double journée de travail qui les ramène invariablement chaque soir à leurs gamelles et à leurs mômes. Triste, non ? Ce discours-là, voyez-vous, il faut être une femme pour l'entendre.

C'est grâce à Marco que j'avais pris conscience des privilèges de la classe dans laquelle j'étais née. J'en avais honte. C'est à cause de Marco que je pris plus honteusement conscience de ma condition. Le père de Marco avait connu à l'usine la pire des aliénations, mais il n'avait pas hésité à faire de sa femme sa boniche. À son tour Marco avait fait de moi son larbin. La vieille histoire de l'opprimé qui opprime. J'avais accepté avec le sourire, sourde aux railleries de mes aînées. Comment aurais-je pu les entendre ? Nous ne parlions pas la même langue. Au bout du compte et si on y regardait bien, la mère de Marco et moi, on pouvait se donner la main. Je le savais sans le savoir. Est-ce ça qu'on nomme le cours naturel des choses ? Est-ce ça qu'on appelle le destin des femmes ? Je sais maintenant qu'il n'a rien de naturel le cours naturel des choses. Il est conditionnement social et déterminisme culturel. Ma vie avec Marco avait été une petite vie tranquille pétrie de valeurs traditionnelles. J'avais été étudiante. Marco était peintre en bâtiment. On était montés en grade. J'étais professeur et Marco était responsable de chantier. Il venait même d'être élu délégué du personnel. Formidable. On était des pauvres de la classe pauvre supérieure. Il y avait de jolis rideaux dans la chambre et la salle à manger. Il y avait de jolis meubles qui sentaient la cire. Des bouquets de fleurs fraîches. Beau tableau d'intimité familiale début de siècle. J'étais une femme d'intérieur. Avoir des ambitions littéraires et de grands romans en tête ne m'apportait aucun prestige. Je n'étais rien d'autre qu'un larbin. C'est vrai qu'en rentrant des chantiers Marco était éreinté et j'avais mal pour lui. J'avais mal pour ses jambes, pour son dos, pour ses reins. C'est vrai que des types mal intentionnés lui volaient son temps, sa vie, sa jeunesse et sa santé. Je craquais pour ses beaux yeux en ayant pitié de ses reins sans avoir pitié des miens. Ma grand-mère avait raison : j'avais le cerveau partout sauf à la bonne place.

On nous serinait la libération de la femme par-ci, la libération de la femme par-là. Mais rien du tout ! Rien de rien ! Moi, je n'étais pas libre. J'étais tombée dans la souricière sans même avoir vu la trappe s'ouvrir. Je m'étais fait rouler, et maintenant, j'étais doublement roulée. La vie t'a piégée et t'es pas prête à t'en sortir, ma fille. Tes mots à toi, c'est soumission, servitude et profil bas. Joli programme, me disait la voix. Ben oui... C'était vrai. Comment le nier ?

Bien sûr que grands-mères et arrière-grands-mères gagnaient l'argent du fricot, mais j'imagine qu'elles filaient doux quand monsieur levait la voix et plus doux encore quand c'était la main. La guinguette d'accord et les poivrots à la rue, mais il leur fallait torcher les mouflets et racler les chaudrons en plus de servir les clients. Je n'ai pas oublié les livres de compte de ma grand-mère maternelle. La souris du tribunal. Des dizaines de livres soigneusement recouverts de papier bleu fané sur la tranche. Une fois par semaine, il fallait qu'elle présente ses dépenses à monsieur son époux. Au centime près.

Une baguette… une laitue… un kilo de pommes de terre… Pour s'offrir un extra, elle carottait sur l'argent qu'il lui donnait. Des années d'humiliation. Des pleines armoires d'humiliation qu'elle avait. Entre elle et moi, quelle différence ? C'était quoi au juste d'être une femme libre ? C'était d'être écrivain et de pondre trois lignes géniales entre le supermarché et la correction des copies. La liberté d'être une femme libérée, où était-elle ? Vaisselle, cuisine, ménage, récurage, repassage, rangement, paperasserie, intendance, ça bouffe la vie, mais ça ne représente que la partie immergée du problème. L'exploitation des femmes, elle est dans les mentalités et les habitudes. Mon beau-père, l'homme de Tizi-Ouzou, était un modèle du genre. Un modèle en vogue d'ailleurs. Le voile quand ce n'est pas la burqa se porte de mieux en mieux. C'est tellement soudé dans les jeunes et vieilles têtes que je ne sais pas si la seule solution sera de prendre son mal en patience et d'attendre deux générations en espérant que les hommes et leurs mères, leurs complices dans ce crime, aient réduit en poussière ces vieilles mentalités d'esclavagistes. Il n'était jamais venu à l'idée de Marco que le larbin dans la maison, ce puisse être lui, pas moi. Moi, j'étais naturellement désignée, socialement désignée, génétiquement désignée. Tout comme les hommes sont naturellement, socialement, génétiquement désignés pour être des écrivains, des artistes, des penseurs, des génies. Ils ont accès à la pensée. Ils mènent l'ordre du monde et le nôtre par la même occasion. L'ordre du monde comme au bon vieux temps. Ils ont d'ailleurs tout intérêt à ce que rien ne bouge. Le moindre changement les effarouche. Les femmes fortes leur font peur. Attention, les vieux mythes sont de retour ! (Ont-ils jamais disparu ?) Les hommes sont fatigués, paraît-il. Nous les avons fatigués. Nous avons été excessives. Nous sommes allées trop loin. C'est intéressant, non ? Nous avons à peine montré les dents depuis les années soixante-dix, nous sommes à peine sorties du nid, nous nous sommes à peine réalisées en ce court espace de trente-cinq ans – qu'est-ce que ça représente trente-cinq ans ? – et ils sont *déjà* fatigués par nos caprices !... Quelle blague ! Quand il avait encore sa tête, mon père nous hurlait dans de grands accès de rage recuite par la honte d'avoir été à la traîne de sa mère avant d'avoir été à la botte de sa femme :

– Où qu'elles sont les femmes peintres, écrivains dans le dictionnaire ? Tu peux vérifier toi-même dans le Larousse. Si t'en trouves dix, je te paie le resto. Si elles avaient du talent, ça se saurait !

C'est à elles qu'il adressait sa hargne, elles, ces femmes dont l'inflexible matriarcat lui avait rogné les ailes et le reste. C'est aussi à moi qu'il adressait ces mots qui frappaient bas.

– Écoutez-le, ce con ! hurlait ma mère.

Elle tremblait. Comme elle était pâle, pauvre mère. Elle qui faisait bouillir la marmite, elle qui gagnait sa vie, celle de son mari et de ses quatre enfants, elle qui essuyait ce genre d'insulte. On ne s'était jamais vraiment comprises toutes les deux, on s'était beaucoup haïes, mais c'est sûr que, dans ces moments-là, on se sentait sœurs d'armes. On échangeait des regards furibards et on l'aurait bien fait taire à jamais, le père. Sans aucun scrupule.

Et moi qui voulais écrire !... Et moi qui voulais changer le monde... Je voulais penser et vivre de ma pensée ? Avais-je seulement remarqué dans ma grande naïveté que c'était un domaine où les hommes occupaient le devant de la scène depuis pas mal de temps en s'y taillant la part du lion ?

Quand je regardais les infos, quand j'ouvrais les journaux, ça me sautait aux yeux désormais. Tous ces hommes. Ils étaient partout. Des jeunes, des moins jeunes, dans la politique, la littérature, les arts, les sciences. Où étaient les femmes ? Les femmes ne peignaient donc pas ? Les femmes ne dirigeaient donc pas des orchestres philharmoniques ? Les femmes ne pilotaient donc pas des avions supersoniques ? Les femmes n'étaient donc pas savantes et diplômées elles aussi ? Quand j'écoutais la radio, dès que l'émission était un poil sérieuse, je n'y entendais aucune voix féminine. Les femmes n'étaient donc pas sérieuses ? Halte-là ! Ma vision devait être faussée. Ne leur accordait-on pas une place royale dans la presse féminine ? Je ne pouvais pas dire le contraire. La femme ? Les femmes ?... Il n'y en avait que pour elles. Mais quelles femmes ? Toutes les femmes, de sept à soixante-dix-sept ans, ou juste celles dont la beauté n'est rien que du velours pour les yeux ? À commencer par les filles des pubs : quel âge avaient-elles en moyenne, les mignonnes ? Quinze ans ? Seize ans ? Les actrices qu'on montrait étaient des gamines. Quant aux artistes, mieux valait qu'elles soient bandantes. Les écrivaines, fallait qu'elles soient croquignolettes. Les chanteuses, fallait qu'elles soient sexy. Les politiques, fallait qu'elles soient bien de leur personne – et mères de famille, ça rassure. Le genre sirène, ça vous dit quelque chose ? La jeunesse, c'est vendeur. Les rondeurs, c'est racoleur. Le *good look*, c'est le top. La ménagère de plus de cinquante ans ne fait plus fantasmer les chaumières. La ride rebute. Le flasque répugne. Attention. Je mentirais si je disais qu'on ne montre pas une femme mûre de temps à autre, c'est vrai, mais elle est si soigneusement choisie au casting, la mamie, que même une fille de vingt ans se sentirait complexée à côté ! On en revient à l'équation de base… Misoquoi ? Les magazines féminins seraient misogynes ? Non. C'est la société qui l'est. Les magazines n'en sont que le triste et déprimant reflet. En gros pour distraire et faire joli dans les soirées, on s'adresse aux femmes. Pour penser et citer Kant, on s'adressera à ces messieurs.

Chez moi, on n'écoutait pas Mozart à table, si bien que les idées dominantes étaient prises pour argent comptant. Personne n'allait critiquer un système qui avait fait ses preuves depuis que le monde est monde. Mon père disait encore dans ses bons jours, parce que des perles comme ça, il en avait des brouettes :

– C'est quand même pas les mecs qui vont faire les gosses, hein ?

Et on repartait à la case départ. Non, les hommes ne font pas les enfants, ce sont les femmes qui les portent, mais… Mais quoi ? Quelle explication lui donner ? Comment lui faire comprendre que la maternité n'est pas une maladie incurable et que la tête d'une femme est capable de penser et de bien penser, d'émettre de grandes idées politiques, philosophiques, juridiques, scientifiques, artistiques à condition qu'on lui en laisse le temps, la disponibilité, le loisir, le choix, à condition qu'on lui foute la paix, à condition qu'on ne lui impose plus des doubles journées de travail, car la vie quotidienne et son lot de multiples tâches domestiques pèsent lourd dans la balance, à condition qu'on la respecte enfin et qu'on ne la persuade plus qu'elle est génétiquement prédisposée pour nettoyer les chiottes comme elle l'est pour porter les enfants. Oui, comment lui faire comprendre ? Mon père est mort sur ces entrefaites et je crois qu'il n'aurait de toute façon jamais compris mes subtilités. On aurait fini par se dire des choses désagréables.

6

Après six ans de purgatoire en Île-de-France, retour à Bordeaux.

C'est une chance n'est-ce pas, de pouvoir s'en retourner chaque soir au bercail ? Tout rentre gracieusement dans l'ordre et ma vie commence de couler aussi légère qu'un fleuve de plomb. Marco et moi, nous sommes heureux d'être enfin réunis après plusieurs années passées loin l'un de l'autre. Il m'appelle dans l'après-midi pour me dire qu'il m'aime. Il me demande aussi ce que j'ai préparé à dîner. Je ne sais plus pourquoi il m'appelle, s'il veut me dire qu'il m'aime ou s'il veut me rappeler que des saucisses, bon, on en a déjà eu trois fois cette semaine, et que ça va bien. Il faut que je me secoue. Le manque d'imagination en cuisine, c'est mortel. Un bœuf miroton, ce serait bien, non ?

Le sentiment d'aliénation, d'isolement, d'abandon que nous ressentons du seul fait de notre présence au monde, fit alliance de coquin avec le mensonge de Janus où je vivais. Le destin donna un nouveau tour d'écrou aux mâchoires où il me tenait. En un mot, j'allais boire la coupe jusqu'à la lie et payer le prix d'être née fille. Désintéressement, don de soi, sacrifice, amour infini, dévouement aux enfants des autres, humilité, patience, endurance à l'effort et générosité du service. Voilà. C'était dans mes gènes, dans ma programmation. Si je voulais être parfaite je devais m'efforcer d'acquérir les qualités intrinsèquement *féminines* consignées ci-dessus. Et puis il n'y avait plus qu'à aller au charbon le matin, rentrer le soir dans ma cahute après avoir fait un détour par le supermarché, par la boucherie, par la boulangerie et la teinturerie, ah ! la poste aussi, une lettre recommandée qui date de Mathusalem et qui va finir par repartir d'où elle est venue (heureusement que je n'ai pas aussi à passer par l'école pour y récupérer mes gamins !).

Marco, moi, les membres de nos familles, chacun s'est installé dans son rôle. Le rail va droit devant. Allons z'enfants ! Juste se laisser glisser. Et pas faire de vagues. Nous attendons la retraite et plus loin, la mort. On l'aura bien mérité, le repos éternel. *Requiescant in pace*. Nous allons en pèlerinage le dimanche. Chez mes parents. Chez les parents de Marco. Nous allons chez les frères de Marco passer Noël. Ils ont des enfants. Leurs enfants grandissent. Le lundi ils ont de grosses boucles sur la tête. Le jeudi ils reviennent en compagnie d'une petite amie. Le dimanche ils ont leur premier enfant. C'est fou comme les années galopent. Noël tombe toujours le 25 décembre. Le sapin a toujours le même format. Les guirlandes reparaissent d'une année sur l'autre. Il y a quelque chose de tragique là-dedans comme dans une nouvelle d'Edgar Poe. Les murs se rapprochent et personne ne panique. Au contraire. Personne n'a l'air de comprendre que le navire coule et qu'il faut se tirer vite. Tout le monde est content pour moi. J'ai un salaire fixe. Je suis « indéboulonnable » comme me l'a dit mon conseiller pédagogique en rigolant. Je m'imagine donc tel un écrou vissé serré à la base d'une machine, pièce minuscule parmi des milliers de rouages indispensables pour faire marcher la grande usine à formater les citoyens de demain. J'ai une mission. Et je fais comme si. Peut-être que tout le monde dans la vie fait comme si. Au fond, qu'est-ce que j'en sais ? J'ai parfois l'impression que mon cœur va enfler de chagrin à m'étouffer, mais mon cœur continue de battre. Mon cœur s'adapte aux circonstances. Dans la vie, on s'adapte. Pour le meilleur, souvent pour le pire.

Mon mal de vivre ira chercher l'oubli là où la plupart des gens le cherchent. Pour certains, c'est la bibine. Pour d'autres, c'est la dope. Quand ce n'est ni la bibine ni le shit, c'est la dépense. Une dépense bête, stupide, aliénante. Plus on claque de fric, plus on se sent coupable ; plus on se sent coupable, moins on est heureux ; moins on est heureux, plus on a envie de claquer du fric. Tant qu'on est dans le système, on est camé. Et qui dit camé, dit qu'un jour vient où on ne peut plus s'en passer. On croit qu'on contrôle, mais on ne contrôle rien. Je me sens coupable, bien sûr. Mon salaire ne me permet pas ces folies qui assèchent mon compte. Mais j'ai manqué de tout, de bouffe, de fringues, de livres, d'amour, de temps et j'ai l'impression de me venger. Ma revanche n'est pas jouissive, elle est hargneuse. J'ai bien mérité ma dépense mensuelle au même titre que mon salaire. Il y a tant de femmes superbes sur les affiches. Tant de beaux objets dans les vitrines. Et puis ce que je vois dans les rues de Bordeaux où le tape-à-l'œil est roi, tout incite à acheter. Les gens dépensent. Les gens ont de belles voitures, de belles fringues, de beaux appartements. C'est normal. Aussi normal que de prendre des pilules roses pour ne pas déprimer le matin et des pilules bleues pour ne plus penser le soir. Travailler, claquer son fric, vivre à crédit, épater la galerie, on est sur terre pour ça, non ? Les magazines disent même que claquer son fric, c'est comparable à l'orgasme. Pourquoi s'en priver ? La jouissance dix fois par jour si je veux. Les images, les vitrines, le spectacle de la rue, tout réveille mes démons du manque, tout crée un manque et me rappelle ce que je ne suis pas et ne serai jamais. Il me faut là, maintenant, tout de suite quelque chose dont je n'ai pas besoin, mais qui est devenu indispensable parce qu'il me faut être comme eux, comme elles, pour faire comme si, pour faire partie du groupe humain et m'y sentir au chaud. Les autres, ils achètent les mêmes revues, ils ont les mêmes idées, ils lisent les mêmes livres, ils regardent les mêmes émissions, ils votent pour le même candidat, ils possèdent les mêmes portables, les mêmes voitures, les mêmes écrans plats. S'ils ne les ont pas, s'ils ne sont pas au courant, s'ils n'ont pas lu le dernier livre, s'ils n'ont pas vu le dernier film, s'ils ne se sont pas extasiés devant la dernière expo, ils risquent de passer pour des ringards. L'argent sait faire tout ça : vous rendre beau, vous rendre heureux, vous épanouir, vous apporter la paix, vous aider à rester branché, vous aider à pas finir sur la touche. Moi aussi, je veux faire partie du même. Je fais des efforts. Je lis les derniers livres. Je vois les derniers films. Je porte les dernières fringues. J'absorbe tout en vrac. Mais la promesse tant attendue ne vient jamais. Les crèmes antirides n'arrêtent pas la course du temps. Les dessous en dentelle n'endiguent pas le bourrelet déprimant. Mon visage n'est jamais aussi lisse que sur les publicités. J'ai cent ans. Je suis fatiguée de tout ce cirque, du mensonge, de jouer mission impossible. À la fin de ma semaine de travail, j'ai mille ans. J'essaie avec un peu plus de conviction, je dépense un peu plus. Elle est peut-être là, la solution. Juste un effort supplémentaire. Moi, mes amies, mes collègues, mon entourage, nous sommes tous aspirés là-dedans. On a tous oublié où se trouve la manette qui freinera l'escalade. Talonnée entre travail, maison et écriture, la vie ne me laisse aucun recul pour décoder ces ruses de Sioux. Le système est quand même bien rodé. Et le luxe de me sentir libre, de ne rien posséder et de voyager léger, il me faudra sacrément d'années et une remise en question radicale avant d'en jouir. Il me faudra aussi tout perdre ou presque au jeu de la vie.

7

Et là, au milieu de ce champ de ruines, dans le désastre où j'agitais mon mouchoir en disant adieu à la jeune fille qui avait eu de grands rêves, en voyant s'épuiser la jeune femme dans une course perdue d'avance, à la veille d'une apocalypse imminente, là, mon premier texte a été accepté.

Le cours du temps vient de s'arrêter. Il neige au mois d'août. C'est de l'ordre des grands phénomènes qui nous dépassent. La dérive des continents. L'énigme du big bang. Ce que vit sainte Thérèse de Lisieux. Votre voisine qui décroche le jackpot au Loto.

Georges M*** me donna ma chance.

Il fut assez honnête et franc du collier pour prendre le risque. C'était en 1993. Notre première discussion à Cognac fut comme je l'avais imaginée. Nous parlâmes littérature et de Dubuffet. J'écrivis en 1992 pour sa revue une nouvelle qu'il fit paraître. Et puis un roman *L'Ami intime* qu'il publia l'année suivante. Le premier éditeur qui vous fait confiance, c'est ce qu'on appelle de la chance, de la magie ou de la grâce.

Marco est content pour moi. Enfin, content n'est pas le mot juste. Je le lis dans ses yeux. Une femme échappe à sa fatalité, et cette femme, c'est la sienne. Pas de bol.

Quand le livre a été en librairie, je lui ai rendu visite. C'était un beau moment, très intense. C'était sensationnel de le voir là, bien disposé, bien visible. Dans la plus grande librairie de la ville. Je n'en revenais pas. Les libraires avaient été sympas. Ce n'est pas tout le monde qui a la chance d'être bien en vue. Le nom sur la couverture était le mien ; même s'il y a une légère distance, c'est soi sans être soi. Celui qui écrit et celui qui vit ne sont pas les mêmes personnes. Ce jour-là fut certainement le plus beau jour de ma vie. Je tournais dans le magasin, heureuse. Tellement heureuse. Une jeune femme est entrée à ce moment-là, une nana que je connaissais de la fac. J'ai reconnu sa voix on ne peut plus singulière. Elle a demandé un livre à la vendeuse. J'ai tout de suite pigé qu'elle avait fait son chemin et qu'elle n'était pas une pauvre de la classe supérieure, à sa voix justement. Du style qui ne plaisante pas. On s'est trouvées côte à côte dans le rayon. Je l'ai regardée, reconnue. Elle m'a regardée, reconnue.

– On était en fac ensemble, non ? qu'elle a demandé.

– Oui, on était en fac ensemble.

La vendeuse était revenue qui lui tendait son livre.

– Qu'est-ce que tu deviens ?

J'ai réfléchi. Je ne savais pas quoi dire.

– Rien, j'ai répondu. Je ne deviens rien.

– Ah bon ! qu'elle a fait.

Elle n'a pas paru étonnée. Elle n'a pas voulu en savoir plus. Elle est repartie, vite, aussi vite ressortie qu'elle était entrée. Je me suis attardée encore dans le magasin qui sentait bon le livre neuf. Mon roman s'entassait en grosses piles dans un rayon. Il redressait la tête sur un présentoir face à la porte d'entrée. Georges M*** avait choisi un tableau de Monet pour la couverture. Quelque chose de tristounet, mais très classe.

Comment m'y prendre en famille ? J'aurais voulu dire comme j'avais dit à la copine. Il n'y a rien d'intéressant dans ma vie. Circulez ! Le cadeau était empoisonné parce que j'allais être découverte. Finie la double vie. Tout le monde allait s'engouffrer dans mon monde et savoir ce que j'y mijotais. Des gens allaient se balader dans mon crâne et ça risquait de faire du bazar. J'avais l'impression d'avoir posé une bombe et j'attendais, planquée, qu'elle explose. Tous les livres sont des bombes à retardement. J'ai quand même réussi à avertir mes parents.

– Bon, alors, à dimanche, a dit ma mère.

Et ce dimanche-là est un jour que j'aimerais effacer de ma mémoire. Si j'étais heureuse, eux, ils ne l'étaient pas. J'aurais attrapé la vérole qu'on ne m'aurait pas fait plus mauvais accueil. Non, personne n'a sauté au plafond. Non, personne n'a hurlé de joie. Madame a débouché une bouteille de mousseux pour dire de marquer le coup. Elle a lancé :

– Alors, on trinque ?

Pendant qu'on sirote, le malheureux bouquin est dépiauté au scalpel. Je l'ai trouvé si beau sur son présentoir. Il me fait maintenant pitié entre ces mains hostiles. Chacun y va de son commentaire de pro. Un grand classique. Dans la vie plus les mecs sont bourrins, plus ils ont de conseils pointus à donner. C'est madame qui attaque. Verte de jalousie, elle est, la mère. C'est pas demain la veille qu'un de ses rejetons va la détrôner. Surtout pas sa fille. Une fonctionnaire qui se prend pour Marguerite Duras. On aura tout vu.

– Un tableau comme ça en couverture… Ton éditeur a fait un bien mauvais choix ! On ne remarquera pas le livre. C'est de la couleur qu'il aurait fallu…

Elle cherche une oreille complice. Elle sait y faire pour mettre les rieurs de son côté.

– Il n'est pas épais, ton chef-d'œuvre. Les clients, il faut leur donner de quoi se mettre sous la dent. Faut qu'ils en aient pour leur argent.

Le feu commence à prendre. Mes frères lui ont emboîté le pas. C'est vrai que ce n'est pas un pavé, mon texte. Cent neuf pages écrit gros.

– La taille d'un bon livre, c'est le temps d'un court trajet en train, pas plus, pas moins, que ça claironne.

– Et là, t'es à peine monté que t'es déjà redescendu !…

Madame rit. Encore un bon dimanche en perspective.

Elle a semé le vent. La tempête s'est propagée comme une traînée de poudre. Il faut qu'elle inocule son venin, sa rage, sa haine, c'est plus fort qu'elle. À partir de là, tout est permis. La chasse est ouverte. La pétarade peut commencer. J'ai droit à l'un de plus beaux tirs groupés jamais enregistrés dans les annales. Tout y passe : la couverture, banale. Le sujet, masculin. L'éditeur, inconnu. Marco ne relève pas. Mon père s'est fait discret. Ma grand-mère aurait certainement pris ma défense et lutté bec et ongles, mais elle n'est plus de ce monde pour se rallier à ma cause. Il y a des silences, des tentatives de diversion, des rires étouffés :

– C'est simple : maintenant, tout le monde écrit, renchérit la mère.

Ai-je assez dit à quel point elle pouvait être épuisante ? Quand elle vous tenait, elle ne vous lâchait plus. Elle vous attaquait frontalement, brutalement, publiquement. Que ça te serve de leçon. Elle était comme ça.

– Les stars de la télé écrivent, précise-t-elle, les joueurs de foot écrivent, les chanteuses écrivent, les actrices écrivent…

– C'est pas eux, c'est des nègres qu'écrivent pour eux, hurlent les fils.

– T'as vu la tronche de l'autre, là, comment c'est son nom, qu'on voit partout en ce moment… un nom à rallonge…

– De Castro ? De Castries ?

– Voilà, de Castries !… Encore un qu'ils n'ont pas raccourci en 89 !

– Tu crois qu'il a une tête à écrire ses livres, de Castronche ?…

– De mes deux !

– En gros il y aura bientôt autant d'écrivains que d'habitants sur cette planète !

J'ai dû dire :

– Je suis un vrai écrivain. C'est différent.

– Et de quand ça daterait cette histoire ? T'as pas toujours été écrivain que je sache.

– J'écris depuis que j'ai dix-huit ans.

Madame me regarde bizarrement. Je mens pour faire mon intéressante.

– Hum ?… qu'elle fait.

Je voudrais parler. Ma voix s'est perdue. J'ai pris trop de balles. Mes tripes saignent. Comment leur dire ? Comment leur dire, à eux qui ne sont que des gueules hurlantes ? Comment leur dire qu'ils sont pires que dix boulets de fonte à mes chevilles ? Comment leur dire que leur mépris a propulsé ma haine jusque dans des bouquets de mots qui ont fleuri sur ce fumier ? Comment leur dire que ça ne date pas d'hier, cette rage, et qu'il y a des années-lumière que je marche en solitaire, ma bombe à la main ?

– Il y a des vies qui sont plus intéressantes que celles des joueurs de foot…

Elle nous concocte une vacherie.

– Oui, mille fois plus passionnantes…

Acte V. Nous y sommes.

– Alors puisque c'est si facile d'être publié, moi aussi, je vais écrire, et je vais commencer dès ce soir, parce que ma vie vaut quand même la peine d'être racontée…

Silence. Je hausse les épaules. Mon père lève le nez.

– Ça, j'en ai vécu des aventures, hein, papa ?

Elle a pris un air entendu. Elle finit cul sec son verre de rouge.

– Des aventures ? grommelle le père. Quelles aventures ?

– Tu ne te souviens pas des mange-tout ?

– Encore les mange-tout !… Tu nous as assez tannés avec cette histoire ! Trente ans que je t'entends la radoter ! La barbe !…

Mes frères se dévisagent. Tous contre un. Ils ont éclaté de rire comme un seul homme. Cette fois-ci, c'est elle qu'on canarde. Fallait pas commencer. Qui sème le vent !… Mon père pouffe dans sa serviette. Marco se marre. Madame ne rit pas. Qu'est-ce qu'elle a dit de si drôle ? Il n'y a rien d'amusant dans cette histoire. Rien du tout. Elle peut nous la redire au cas où on l'aurait oubliée. C'est un non voté à l'unanimité qui rugit pour la réduire au silence.

Ce fut un jour mémorablement triste.

En partant je donne à mes parents un exemplaire de *L'Ami intime* dans lequel j'ai pris soin d'écrire une dédicace la veille. J'ai pensé ces phrases. Elles ont eu du mal à sortir. Je remercie mes parents de m'avoir donné la vie. Heureusement que la veille était encore vierge de son triste lendemain.

Voilà ce dont je me souviens. Des flèches. Peut-être que la scène se passa autrement. Peut-être que les répliques ici notées, je les ai corrigées car seules les plus blessantes me sont restées. Peut-être ma mère eut-elle le sentiment d'avoir été flouée par mes mensonges. Peut-être avait-elle seulement trop forcé sur le rouge. Je sais que la vérité n'est pas une et indivisible, mais multiple, changeante et ambiguë. La confusion des sentiments est telle qu'il m'est difficile de restituer le détail exact de cette journée. Je ne peux qu'en donner un aperçu très systématique. Trop caricatural sans doute. Comment expliquer que bien des années plus tard, au moment de choisir une couverture pour la traduction anglaise de *Ce que racontait Jones*, j'ai choisi une peinture moderne aux couleurs très vives de l'artiste australien Joe Furlonger ? Rien de pastel. Rien de discret. Un tableau d'un expressionnisme violent qui ne craint pas de s'affirmer. Une couverture qui se remarque.

8

À partir de ce jour ma vie changea de manière radicale.

Oui, j'emploie le mot « radical », car il n'est pas excessif. Mon livre reçut un accueil discret. Deux articles, c'est le nirvana pour un auteur débutant. Mais un événement d'importance que ni l'éditeur ni moi n'avions prévu vint bouleverser ma vie. L'ouvrage fut présenté dans une émission télé qui passait le dimanche soir à une heure de grande écoute.

Georges M*** m'avertit dans la semaine. À la fin du programme qui était un mélange de divertissement et d'info littéraire, quatre livres étaient présentés en direct, dont le mien. Gérard C***, un jeune libraire fort sympathique, fit l'éloge de mon travail. Non, nous ne le connaissions pas. Là était le clou et l'extraordinaire de l'histoire. La chose nous était tombée du ciel, ce qui est rarement le cas. Et il suffit d'une minute, une toute petite minute, allez, une minute et demie en étant généreuse, pendant laquelle Gérard C*** se déchaîna avec enthousiasme, oui, il suffit de soixante secondes pour bouleverser le cours de mon existence. Pas de manière définitive, attention, car une fois l'excitation retombée deux mois plus tard, on m'enterra aussi vite qu'on m'avait sortie de terre. Il faut du neuf. La machine à broyer a besoin de chair fraîche.

Les deux articles que j'avais obtenus ne furent rien en comparaison de cette minute. Personne n'avait lu les articles, c'était à prévoir, mais tout le monde avait regardé la télé. Les conséquences furent disproportionnées, insensées et obscènes. Suite à l'émission, le livre fut réimprimé. J'eus droit à de nouveaux articles. Les propositions arrivèrent, festivals du livre, invitations à déjeuner, projets d'adaptation à la télévision, projets bidons comme je ne le savais pas, participations à diverses tables rondes, carrées et ovales, à des colloques, des soirées biblio, des rencontres avec les lectrices, les lecteurs, les élèves de troisième, les élèves de terminale, l'homme de la rue et son chien. Le téléphone hurlait à toute heure du jour. Les chats, affolés, couraient se planquer à la cave et impossible de les en déloger. Les articles, même imprimés dans les journaux les plus respectés, les éloges par les critiques littéraires les plus révérés, les meilleurs comptes-rendus radio, les prix littéraires, toute forme de reconnaissance sérieuse du travail, l'intérêt que prennent vos pairs à encourager vos premiers pas, rien, absolument rien ne peut se comparer à l'impact de la télévision. Je n'ai jamais été l'hôte d'un programme qui fait exploser l'audimat, mais j'imagine sans peine quelles peuvent être les suites d'un tel événement sur la vie d'un écrivain, les conséquences sur les ventes de ses ouvrages et le tourbillon de folie malsaine qui embrume son quotidien. La chose est insensée et obscène, je le répète. Ce n'est pas ce que vous êtes qui importe, ni ce que vous faites, en l'occurrence ce que vous avez écrit, mais ce que vous représentez. À ce que Guy Debord nous a déjà expliqué de la société du spectacle, j'ajouterai que les livres, devenus des objets de consommation courante, sont à la fois admirables et canardables, adorés et haïs, consommables et jetables, lisibles et oubliables. La durée de vie d'un livre, sur les étals des marchands aussi bien que dans les crânes, c'est chrysalide et papillon. Même si l'on m'objecte que telle est la marche du temps, moi j'objecte que d'être reléguée au rang d'une barre chocolatée me porte au système. J'objecte que toute la passion que je mets dans mon travail d'écrivain, toutes les heures consumées dans ce seul but, tout le bonheur et la force que j'en ai tirés, tout le bonheur et la force que j'ai donnés en retour à ceux qui me lisent, cela ne peut et ne pourra jamais être relégué au rang de produit si culturel soit-il. Enfin, j'ai espoir. Je sais que derrière chaque lecteur se trouve un homme ou une femme lucide que je ne veux pas trahir.

Grâce à ma première publication et aux invitations diverses et variées qui me pleuvaient, je pus rencontrer mes confrères plumitifs. Je découvris un certain milieu passablement snob qui offre toujours de belles occasions de se divertir, car le spectacle des beaux messieurs entre eux et des diverses manières dont ils règlent leurs comptes est rarement ennuyeux. Ça se voudrait la pampa où s'affrontent les grands fauves, ça rappelle plutôt le mesurage des zizis dans les cabinets des garçons. Je n'ai jamais pris la vie au sérieux et la vie littéraire encore moins. C'est une singerie où il serait naïf de jouer le rôle du singe. Quant aux foires du livre, j'y ai fait mes apparitions sans opérer de miracle. J'ai toujours le sentiment qu'on nous fait prendre l'air comme à ces plantes un peu fragiles qu'on sort de leur remise à la fin de l'hiver. Comme on se sent sur la touche ! Hors compète. On attend le client. Le client ne vient pas. Je rêve de salons du livre où Beckett attendrait lui aussi le chaland. Assis droit sur sa chaise, tel que Cioran nous le décrit dans le jardin du Luxembourg un jour d'hiver glacé, cheveux en crête de coq, plongé dans la lecture de son journal, absolument seul, indifférent au froid du jardin déserté. Jumeau de ses personnages. N'est-ce pas Dylan Thomas et Edgar Poe, bras dessus, bras dessous, qui remontent l'allée en chantant ? « C'est à boire, à boire, à boi-oi-re ; c'est à boire qu'il nous faut, oh ! oh ! oh ! ooooh !... » N'ai-je pas entendu des rires ? Je me dévisse le cou. Peine perdue. J'ai beau regarder. Personne ne remonte l'allée en chantant. Les rires ? C'est juste le mec de Castries qui fait son cinéma et se la joue diva. Les salons sont très guindés dans l'ensemble. Il y a le brouhaha de la foule. La chaleur en été. Le froid en hiver. Nous nous observons les uns les autres. Nous nous perdons en spéculations. Certains alignent des allumettes. Une pour chaque livre vendu. On voit bien que les oiseaux rares se sont fait violence pour quitter leur volière. Grands sourires Colgate des stars qui signent à la chaîne pour des files ininterrompues dont les méandres branchus viennent se perdre devant nous, les autres, les ceusses qui ne signent pas. C'est dans ces rares moments qu'on peut contempler tout notre soûl la masse de lecteurs que nous aurions pu avoir, mais un jour, plus tard, dans une autre vie, quand notre karma sera enfin au point. Ah ! ça fait rêver des files pareilles !... Combien ils sont à s'écraser les arpions là-dedans ? Cinquante ? Soixante ? Soixante-dix ? Merde ! Avec une file comme ça, je pourrais au bas mot changer de bagnole. La Renault est prête à rendre l'âme. Me demande d'ailleurs comment elle tient encore. Mais les lecteurs, ceusses des autres, ne nous regardent pas. Craignent trop de croiser nos regards de chiens battus et, dans un élan de pitié, de se sentir obligés de nous acheter un petit quelque chose. Ils nous sourient parfois avant de détourner les yeux. Ils ne peuvent quand même pas nous ramener tous à la maison...

Nous sommes bien seuls dans les salons du livre. Heureusement qu'on nous offre toujours un bon gueuleton en lot de consolation. Quand je pense qu'on nous demandait pourquoi les écrivains écrivent !... Entre les exubérants, les orgueilleux, les timides, les gênés, les paumés, les méchants, les gentils, les jeunes loups, les vieux singes, les faussaires, les spécialistes, les hargneux, les arrivistes, les arrivés, les déprimés, les déprimants, les alcooliques, les anarchistes, les dragueurs, les séducteurs, les têtes chercheuses, les ruminants, les grands oubliés de l'Histoire, les goncourables, les nobélisables, les ronds-de-cuir de la plume, les fonctionnaires du terroir, les shootés au high-tech, les allumés du porte-plume, les qui causent comme ils écrivent, les génies qui s'ignorent, les mauvais qui s'y croient, et tous les autres qui restent persuadés qu'ils se sont trompés d'endroit, et que le hall C, c'est plus loin sur le quai, pardon, oui, quand on voit la diversité du tableau, on comprend qu'il n'y en a pas deux dans le tas qui écrivent pour la même raison.

Le plus cocasse resta tout de même la réaction de mon entourage.

J'eus droit à une brochette très complète. Avoir son nom imprimé plus de trois fois dans la gazette paroissiale est un bon moyen de tâter d'autrui et d'être témoin de métamorphoses savoureuses. Toute une gamme de sentiments s'exprima, de la bonne vieille jalousie des familles à la franche poignée de main compatissante. Les individus qui m'avaient ignorée jusque-là, s'arrêtaient pour me saluer. D'autres dont je pensais qu'ils m'aimaient d'amour tendre, tournaient les talons ou m'exécutaient d'une réflexion assassine. *Tu quoque, mi fili.* C'est vieux comme le monde, d'accord, mais ça refroidit l'enthousiasme quand on vous le plante au débotté. De vieilles connaissances dont je n'avais plus entendu parler depuis des lustres se souvinrent à quel point j'étais inoubliable. De nouvelles relations sortirent de terre. Franche amitié, pur intérêt, curiosité, voyeurisme. Les êtres montraient leur âme. Il y en avait de très moches. Il y en avait aussi de très belles. Il y eut les amitiés sincères sur lesquelles rien n'eut de prise et qui n'accusèrent aucun changement entre l'avant et l'après. J'ai vécu tout ça à une échelle nanoscopique. Ce fut une période de grande confusion que j'ai traversée dans une grande confusion. J'imagine sans peine que la célébrité fasse déjanter. En quel supplice d'illusion doit se transformer le quotidien ? Ces revirements de l'existence vous rendent vite manipulateur, pervers ou tristement cynique, et un minimum de bon sens, s'il en reste, devrait conduire à ne rechercher qu'un remède à son mal : l'isolement.

Avec mes proches, je dus me faire discrète. Dans le cadre du travail, je dus me faire discrète. Mon vrai visage en troublait beaucoup. J'avais déserté les rangs. Et les déserteurs, c'est jamais trop bien vu. On vous pardonne rarement d'aspirer à autre chose que de se farcir une vie de merde comme le reste de la meute.

Ma vieille mère suivit le mouvement.

Une minute télé lui ouvrit les yeux. Ne l'avait-elle pas toujours su que j'étais sa fille adorée, sa dernière, celle qui lui avait donné tant de mal, sa fugueuse, sa révoltée ? Dire que je ne voulais pas venir au monde ! Dire que le cordon s'était entortillé autour de mon cou et que je ne voulais pas sortir ! Ç'eût été dommage de rater ça, hein ? Ça valait quand même le déplacement ! C'était beau, la vie ! Jésus, Marie, Joseph, heureusement que la pilule était encore dans le cerveau de ceux qui l'avaient inventée ! Quel gâchis sinon... À partir du jour béni où la télévision m'eut sanctifiée, ma vieille mère cessa de voir l'ingrate et remarqua la femme. Elle tint à venir en personne et sans délégation quand je fus invitée à présenter mon travail dans ma ville natale. Elle y était connue. On la saluait. Elle était flattée par ma présence. Je ne fus pas flattée par la sienne.

Ce soir où je présente mon travail à la bibliothèque municipale de S***, je ne sais pas encore que ma mère a changé. Quelque chose l'a fait changer. Elle n'a plus que trois ans à vivre. Je l'ignore. Ses affaires vont mal. Sa situation financière est dramatique. Elle est trop poudrée, comme d'habitude. Elle s'est teint les cheveux en brun par-devant. Par-derrière, elle a oublié ou elle ne peut plus lever les bras. Ou les deux. Elle dit : je m'en fous, je le vois pas. Elle porte un tailleur qu'elle s'est confectionné elle-même. Un coupon déniché sur le marché. Moins cher, le marché. Des couleurs de paysanne. Des verts. Des bleus. Ses grosses boucles d'oreilles de pacotille. Son énorme bague en diamant. Un bijou qu'elle s'est fait faire autrefois quand elle roulait carrosse. Un truc incroyable. Elle a sorti le vieil astrakan, le seul qui lui reste. Tout ça sent un peu la naphtaline. Elle sourit. Un imperturbable sourire dont on ne sait jamais ce qu'il cache. Il ne faut pas qu'il soit dit qu'elle est diminuée par les soucis. Les armes, elle ne les pas encore rendues. Et puis on ne sort pas pour s'exhiber quand on a les yeux rouges. Les emmerdes, ça doit rester à la maison. J'ai vaguement honte d'elle ce soir-là. Je la regarde à peine. Je me souviens avoir employé des mots compliqués, un vocabulaire de pédante. Je ne lui ai presque pas adressé la parole.

Elle sourit, comme si de rien n'était, mais chaque jour la conduit un peu plus vers la ruine. Elle s'y connaissait bien dans le commerce à l'ancienne. Du temps de l'agence immobilière. Les roueries du monde moderne lui échappent. Les roueries de ses fils lui échappent. L'amour veule de ma mère pour ses fils l'a conduite au trou. Tous pour un, un pour tous, qu'elle disait à son clan. On est pareils aux Juifs. Elle s'est trompée. Jamais elle ne l'aurait admis. C'est tous contre un maintenant. Contre elle. Elle emprunte à droite, à gauche, à qui veut bien se fendre. Le premier prêteur véreux fera l'affaire. Elle mendie à l'un pour rembourser l'autre. Ça lui donne l'impression de repartir, mais elle repart jamais. Elle brade ses cailloux. Sauf le diamant. Le diamant, elle le sauvera. Tout est hypothéqué. C'est une vieille histoire. Un pas en avant, deux en arrière. Elle s'est toujours démenée comme un beau diable, mais elle fatigue. On l'assigne en justice à tout bout de champ. Je lui dirai le fond de ma pensée à cette petite juge ! hurle-t-elle. Qu'est-ce qu'elle en sait de la vie ? Est-ce qu'elle a mis au monde quatre enfants, cette garce ? J'irai voir le secrétaire d'État. Pas besoin de rendez-vous. Elle prend le train. Elle se rend au ministère avec sa dégaine impossible. Elle attend des heures dans un parloir. Elle est la seule à être convaincue que ses démarches la mèneront quelque part. Des types haut placés la reçoivent de temps en temps. Ils acceptent de lui ouvrir leurs portes parce qu'ils veulent juste la voir repartir d'où elle vient. Ils doivent lui faire des promesses de Gascon pour en finir au plus vite. Elle fait brûler des cierges aussi. Rester près de Dieu et de sainte Rita dans l'adversité.

Parfois elle pleure, rarement, mais elle reste là, ravagée, outragée, impuissante, bras ballants, elle dit : où est-ce que je vais le trouver cet argent qu'ils me demandent encore, dis-moi, où ? Ce calvaire n'aura donc jamais de fin ? Elle a juste voulu s'en sortir dans la vie. Elle n'a jamais voulu cette catastrophe qui l'entraîne. C'est curieux, pour beaucoup de crimes et jusqu'aux plus crapuleux, il y a amnistie, mais pour les crimes d'argent, les chiens ne lâchent pas prise. L'amnistie, c'est dans le trou où il n'y a plus ni gagnant ni perdant. Elle le sait. C'est là qu'ils lui foutront la paix. Elle finira dans une grande détresse à se débattre seule contre une meute d'huissiers, d'avocats, de prêteurs, de banques. Les avocats, race de vautours ! qu'elle dit. Ils ont sonné l'hallali. Après la première morsure, ils ne la lâcheront plus. Elle est la proie d'un destin fatal. Ce n'est pas du côté d'Agrippine qu'il faut la chercher, cette mère, mais du côté de Médée : *Dans quel remous de malheurs sans issue, un dieu, Médée, a-t-il engagé ta route ?* C'est cette femme-là que j'ai le plus aimée. Celle qui déclinait. Celle du dernier acte. Celle qui s'est battue jusqu'à la dernière heure.

Nos disputes ont trop duré.

L'essentiel est ailleurs. Je veux me souvenir de l'essentiel. Ai-je assez dit à quel point elle était fascinante ? Elle charmait par son intelligence, par son optimisme forcené, par son absence totale de mièvrerie. Par sa force. Par sa beauté aussi. Tassée sur sa chaise, presque vieille, elle me regarde intensément. Je la vois maintenant. Il m'aura fallu tant de temps pour la voir. Indifférente aux autres interlocuteurs qui s'expriment à mon côté, sa tête se relève au son de ma voix, car s'il y en a une qui est fière de moi, vraiment fière, sans simagrées, c'est elle et elle seule. Ma grand-mère ne lui fera plus jamais ombrage. La mort l'a ravie. C'est à elle de me porter désormais. Ce grand soir, elle l'a attendu toute une vie. Juste elle et moi. Je veux me souvenir de son visage que j'ai ignoré toute la soirée. Il est tourné vers moi, je le sais, vers le son de ma voix, dans un effort d'attention pour tout entendre, tout comprendre, tout retenir. S'il y a une femme vraiment heureuse que je sois sortie du bourbier, c'est bien elle. J'ai rampé hors de l'ornière, quitte à me casser la figure, peu importe, mais j'ai rampé, je me suis accrochée, je suis sur la route, je regarde l'horizon, j'ai échappé au laminoir comme elle y a échappé tant d'années auparavant. Nous sommes semblables à cette héroïne du film de Teshigahara, *La Femme des sables*, qui escalade les bords d'un trou de sable au fond duquel est bâtie sa maison. Son mari l'y retient prisonnière. Elle tente de s'échapper à plusieurs reprises, retombe, fourmi qui patine sans progresser d'un pouce. Et puis un jour elle parvient à escalader la paroi et s'enfuit dans la plaine immense. À mon tour, je prends un risque, je prends la parole, je sors de l'ornière. Comme ma mère l'avait fait avant moi.

9

Ma mère.

Née en 1922. C'était une autre époque.

Les femmes devaient obéissance à leur mari qui resta chef de famille, donc le leur, jusqu'en 1970. Ma mère avait un commerce qu'elle seule exerçait, sans l'aide d'aucun époux. Son agence immobilière n'était pourtant pas à son nom. La loi le lui interdisait. Mon père était inscrit au registre du commerce à sa place. Ma mère, elle, était sans profession. Un comble. Ce ne fut qu'en 1965 qu'une femme put exercer un métier en son nom propre et ouvrir un compte en banque sans l'autorisation de son mari. L'idée même que les femmes aient un statut de personne n'avait encore regermé dans aucune tête, si savante soit-elle, depuis la Révolution. Par le Code civil de 1804 elles étaient des mineures à vie, sans droit sur elles-mêmes ni sur leurs biens. Elles passaient de l'autorité du père à celle du mari. Il faudra attendre 1944 pour que les femmes puissent voter. L'avortement était puni par la loi. C'est le 17 janvier 1975 seulement qu'il deviendra légal grâce à Simone Veil. Avant s'appliquait la loi de 1920 qui prévoyait entre deux mois et vingt mois d'emprisonnement pour celle qui risquait sa vie chez une faiseuse d'anges. La complicité d'avortement était punie par trois ans ferme. Pour s'être fait avorter, ma mère perdit ses droits civiques. L'infirmière qui avait procédé à des avortements à S*** fut condamnée à une peine de prison. Des avortements, ma mère en avait subis beaucoup. Dans les pires conditions parfois. Jeune femme, elle n'avait pas les moyens d'aller en Suisse ou en Angleterre. Un jour, on l'hospitalise d'urgence. Elle saigne abondamment. Elle hurle. La nonne de service lui intime l'ordre de se taire.

– Appelez le docteur !

L'autre ne bougera pas.

– Je me vide…

– Ça vous apprendra. Vous y avez pris du plaisir. Vous en payez le prix !

La curetonne a tourné les talons. Les cris alerteront finalement un cœur plus charitable.

Née trop tôt dans une époque frileuse et misogyne, elle porta mal sa part d'esclavage. De ses chaînes, elle ne sut jamais comment se dépêtrer. Son enfance n'avait pas été brillante. Sa mère avait préféré ses frères. Et elle avait rejoué la même partie avec moi. Les schémas sont si élémentaires que c'en est effrayant. Si primaires soient-ils, elle n'en eut jamais conscience. Elle nous propulsa dans la vie, mes trois frères et moi, sans nous avoir armés. Notre père était un homme fantomatique, brisé d'avoir dû quitter son paradis austral. À nous, ses enfants, il avait transmis ses infirmités et ses cassures. Une forme insolite de démence. Je n'admettais pas que ma mère, cette femme si volontaire, puisse rester avec un mari qu'elle n'aimait pas. Mais nous habitions une petite ville où il y avait des mots qui ne se claironnaient pas : divorce, séparation, abus, coups. Jusqu'en 1975, date de sa réforme, le divorce fut aussi humiliant, lourd et indigeste que la faute qu'il représentait aux yeux d'une société bien-pensante. La procédure était coûteuse. La honte encore plus. Une femme divorcée n'existait plus socialement. Dans un monde d'hommes, cette femme s'égala aux hommes. Féministe, elle le fut sans le savoir. Elle avait son brevet supérieur. Pour le reste, elle l'apprit sur le tas. Autodidacte. Un mot devenu rare. L'argent lui donna un statut. L'argent la sauva. Elle ramenait le fric et elle en était fière. Elle ne dépendait pas d'un mari, c'étaient un mari et quatre enfants qui vivaient grâce à elle. Les métiers, elle les a tous exercés. Tenir une alimentation, un restaurant, un magasin d'antiquités, un cabanon à pédalos, organiser des réceptions au château, monter une agence matrimoniale, élever des moutons, acheter des peupleraies, revendre le bois, revendre les terres, se lancer dans la construction… et agent immobilier, bien sûr. Toute sa vie. Son père était contre. Elle lui avait tenu tête. Et elle avait monté son agence. Elle en était fière. Meublée en Empire. Des tableaux anciens aux murs. La grande classe. Aussi beau que chez le docteur. Des projets, elle en avait eus à la pelle, beaucoup qu'elle avait foirés. Elle repartait quand même, la fleur au fusil, comme en quatorze. Elle méprisait la race de celles qu'un homme entretient. Elle les traitait de poules qu'elles ne valent même pas. À l'enterrement de Sartre, les larmes de Simone de Beauvoir avaient ému la France entière. Ma mère, elle, ne le fut pas. Jalouse, elle était. Non pas de la femme, mais de l'amoureuse. L'idéal des couples accomplis qui marchent main dans la main, dialoguent et s'épaulent, Beauvoir Sartre, Elsa Aragon, Françoise Giroud JJSS, elle en avait rêvé comme n'importe quelle midinette, mais la chance ne s'était jamais présentée. Le grand amour ? Elle était passée à côté. C'était la faute à pas de chance. Tout bien considéré, un mari, imparfait par définition, ça se garde. Quant au reste, ce que la loi réprouve aujourd'hui, mais qu'on taisait alors ou qu'on se chuchotait entre deux portes, une main levée, des coups, des menaces, c'était au curé qu'on le confiait. La révolution de 1968 a dépoussiéré les mœurs de façon remarquable. Il ne faut pas l'oublier. Elle a servi de tremplin aux mouvements féministes. Ils ont pu rebondir en 1970 avec la création du Mouvement de libération de la femme. Il a donné la parole à celles qui ne l'avaient jamais prise. Beaucoup de libertés que nous considérons à tort comme des acquis furent obtenues de haute lutte au prix d'humiliations sévères par des femmes de mérite. C'était en 1970. C'était hier. Ne me dites pas que ces années-là ont déjà été effacées de vos mémoires ! Ne me dites pas que vous ignorez ce que chaque femme libre d'aujourd'hui doit à cette époque héroïque ! Si nous l'oublions, si nous n'injectons pas de sang neuf dans cet héritage, nous nous condamnerons à plus ou moins long terme à devoir tout reconstruire à nouveau.

10

Sœurs d'armes, nous le sommes devenues. Comprends-tu, petite mère, que je parle pour nous deux, pour nos mères, pour celles qui nous ont portées ? Mon murmure est ton murmure. Mon cri est ton cri : l'insubordination qui nous a fait hausser le ton et parler fort quand il l'a fallu. Ma mère est morte aujourd'hui. Je sais qu'elle aurait été intriguée par mon travail même si je la peins toujours sous des traits féroces. Elle était féroce. Qu'y puis-je ? Castratrice, dominatrice, calculatrice. Oui, bien sûr, mais instinctive aussi, courageuse, drôle. Elle ne se serait de toute façon pas reconnue, ça me rassure. Personne ne se reconnaît. Nous aurions pu devenir amies. Elle rêvait que je lui ressemble. Elle me disait : tu causes bien. T'as pas perdu ton temps aux études. J'avais été la première de notre famille à entrer dans l'enseignement supérieur, la première à accéder à cette parole que j'ai prise dans l'écriture. Elle le savait et le respectait. Faire mon arbre généalogique ne me mènerait nulle part, sinon de Firmin en Modeste qui furent indifféremment ouvrier agricole ou domestique. Ma noblesse, elle est là, dans cette généalogie de gueux, non parce que je fus la première à avoir été le fruit rouge de cet arbre, mais parce qu'elle est la preuve que si les puissants engendrent des puissants, la fatalité du pauvre n'est pas de racler le fumier des maîtres. Il est possible de brouiller les cartes et de changer la donne. Ce que nous savons réside dans ce que nous ignorons encore. Dans l'ensemble, nous connaissons les évidences. Nous nous souvenons de ce que nos aînés nous ont appris, les craintes surtout, et nous nous y tenons. Nous avons pour tout bagage quelques mots de servile audace et de défaite. Surtout la défaite. Ça rassure. Et lorsque nous nous considérons nous-mêmes, l'habitude de soi aveugle. Et le joli fruit rouge de l'arbre à gueux restera un fruit de gueux. Ça m'a aidée à ne jamais être du côté du manche.

J'ai vu ma mère une dernière fois avant mon départ pour l'Australie. Nous nous étions donné rendez-vous dans un restaurant de Blaye. C'était un dimanche. Elle vint en compagnie de R***, son dernier compagnon. Après le décès de mon père, elle connut l'amour, pas très longtemps, la mort en avait décidé autrement, mais elle sut qu'il existait. Nous avons pris des photos que je n'ai jamais vues. Quelque chose nous disait que ce serait notre dernier repas. Nous avons admiré le paysage. Nos paroles sonnaient faux. Entre nous deux, tout avait toujours sonné faux. La salle s'ouvrait de toutes ses portes vitrées sur la Gironde, la mer grise et triste du grand estuaire qui va s'échouer dans l'océan, et rien ne pouvait la ravir mieux. Elle a voulu des huîtres. Du blanc. Elle a bien sûr adoré le repas. J'ai rarement vu un être qui appréciait la vie autant qu'elle. Jamais je ne l'ai vue boudeuse. Même dans les pires moments. Elle était vibrante au contraire. Vivante et présente à l'existence. Je le sais aujourd'hui. Il suffisait qu'elle soit lâchée hors de ses quatre murs, loin de ses dettes, loin des huissiers, loin de son rôle de femme forte et elle se métamorphosait. Ou peut-être redevenait-elle celle qu'elle était profondément. Les soucis et les malheurs n'étaient pas parvenus à détruire ce fond de bonne nature. Elle avait certainement été une enfant très heureuse. Et ça remontait tout seul ce fond d'innocence, ces envies de rigolade. Elle aimait regarder ses contemporains. Elle avait pour les décrire un humour corrosif. La manière dont elle buvait, dont elle mangeait, dont elle regardait ses bijoux, avec appétit, avec gourmandise. C'est de la même manière, frondeuse et canaille, qu'elle regardait les hommes. Ils sont le sel de la vie, n'est-ce pas ? Je vis ce jour-là une femme qui n'avait d'yeux que pour un seul, un formidable compagnon tombé du ciel. Je vis une femme épaulée qui déposait les armes et se laissait enfin aimer.

C'est une fois sorties du restaurant, sur le parking près du port, près des bateaux assoupis dans la vase, que nous sûmes que nous ne nous reverrions plus jamais ici-bas. Nous nous sommes étreintes. Ce fut une étreinte longue, intense, inhabituelle. Les étreintes, ce n'était pas notre genre. J'avais un imper couleur de girolle. Elle m'a dit :

– C'est joli cette couleur. Ça te va bien. Dire que tu ne

portais que du noir quand tu étais plus jeune. Le noir, c'est une couleur de deuil.

On a regardé les bateaux et on a pris une dernière photo. Ça sentait la marée, les huîtres, l'océan, la vase, toutes ces odeurs avec lesquelles nous étions nées et qui nous pinçaient le cœur. Le vent était poisseux. Les murs de la citadelle s'élevaient plus loin : la jolie route empierrée qui monte vers le porche d'entrée et la belle architecture du grand Vauban qui se déplie gentiment en étoile, des lieux d'un autre âge dans une gamme de gris fanés que nous aimions toutes les deux. Toutes les citadelles ensablées qu'elle m'avait fait visiter où nous avions rêvé côte à côte, le nez vers le large. Elle m'a dit qu'elle m'aimait.

– Il faut dire ces choses-là.

Elle a ajouté qu'elle s'en voulait de ne pas me l'avoir assez dit. Son visage était inondé de larmes. Le mien aussi. Je n'aimais pas voir ma mère pleurer. Pour moi, rien ne pouvait l'atteindre. Elle était forte, point final. Je l'avais enfermée dans une boîte. C'est lâche et cruel d'enfermer les mères.

– On n'est pas habituées à parler sentiments, toi et moi, a-t-elle encore dit.

Elle avait raison. Elle me disait que nous étions semblables. J'ai longtemps pensé que nous étions aussi différentes que la nuit l'est du jour. Et pourtant quand je vois ma pugnacité, je reconnais la sienne. Elle m'a donné en héritage son sens du combat. Elle m'a donné sa rage et son goût du défi. Elle m'a aussi appris que l'humour seul rend la vie supportable.

Je n'eus jamais l'occasion de reprendre la conversation.

Ma mère est morte un an plus tard. Le cancer faisait son travail de cancrelat. Cela faisait plusieurs années déjà qu'il la rongeait en douce. Je n'en savais rien. Elle n'en disait rien. Je partais : c'était suffisant pour m'occuper tout entière. À l'âge de quarante et un ans j'ai cru sage de mettre trois océans entre elle et moi. Un Boeing m'a emportée outre-mer. J'ai pleuré pendant tout le voyage. Juste avant d'arriver à Hong-Kong, je me suis endormie d'épuisement. Rien ne poussait dans l'ombre de ma mère. La rivalité finissait par nous nuire. Nous en devenions cruelles. J'ai longtemps cru que c'était d'elle que je voulais m'éloigner. J'ai longtemps vu en elle la source de tous mes maux. Elle n'était pas seule en cause. C'est le bloc familial qui était malade. Chaque être pris à part était inoffensif, presque aimable, mais une fois absorbé par le clan, l'individu se transformait. Certains rognaient leurs défenses. D'autres en développaient de nouvelles. Jetés ensemble, les membres de cette famille en devenaient dangereux, presque barbares. Le rapport d'individu à individu n'a jamais été admis. Seule la loi tribale opérait.

Nous nous sommes écrit, ma mère et moi. Nous avons parlé de sujets que nos paroles s'étaient toujours refusées à aborder. Il y eut des lettres douces. Je lui ai dit pour *L'Ami intime.* Je lui ai expliqué que ces deux hommes qui dialoguent à vide, ce père et ce fils, distants, froids, tout occupés d'eux-mêmes, c'était elle et moi. Ce silence était le nôtre. Cette gêne pesante était la nôtre. J'ai avoué que j'avais pensé à nous en écrivant le livre. Le roman disait qu'il y a des murs de silence infranchissables entre vivants qu'on ne franchit qu'une fois morts. Je lui ai dit que les gestes que nous attendions l'une de l'autre, nous les aurions, oui, nous les aurions, mais un jour, plus tard. La mort ne nous arrêterait pas en chemin.

Et puis il y eut des lettres cruelles. En 1999, je recommence de zéro. Pour la énième fois, je repars sans rien. Je lui écris. Je lui dis : je n'ai rien. Plus rien. Plus d'argent. Plus de quoi payer mon loyer. Pas de travail. Rien. Elle reste sourde à mes plaintes. Elle n'y croit pas. Elle ne veut pas y croire. Je ne suis pas à terre. Sa fille ne peut pas être à terre. Le lien s'est brisé entre nous. Elle répond que pour elle aussi, c'est difficile. Il ne lui reste rien non plus. Ils lui ont tout pris. Je le sais qu'elle est dans la mouise. Il n'empêche. Elle qui a toujours su faire des miracles avec l'argent, l'inventer, le faire sortir de terre, elle qui n'a jamais rien su refuser aux petits marquis, même dans les pires moments, par amour servile, par faiblesse, elle me le refuse à moi. Je lui en veux de m'avoir répudiée. Je lui en veux de ne plus pouvoir faire de miracle. Je ne mérite pas un miracle. Je lui écris une dernière fois. Une ultime lettre. Je l'accuse. Je lui dis tout ça. Qu'elle m'a ignorée, rejetée, spoliée de tout, de son affection et de la part d'héritage qui me revenait, qu'il y a une loi pour ça, que j'ai été victime d'une injustice, de son injustice. Je lui dis tout ça. Pourquoi m'as-tu abandonnée ? Pour la première fois, je la lui pose cette question qui est mon alpha et mon oméga, cette douloureuse énigme qui me fait et me défait. Pourquoi m'as-tu abandonnée ? À cette lettre, elle n'a jamais eu le temps de répondre. Une semaine plus tard, une semaine à peine, elle était morte.

Je voudrais lui dire que je l'ai cherchée de livre en livre et que son spectre revient souvent me hanter, dans mes songes, dans mes textes. De son vivant, elle était déjà la grande absente. Je voudrais lui dire encore que moi aussi, j'aimerais rattraper le temps perdu. Pouvoir lui expliquer qu'il y a des années que je voulais faire ça, ce texte, cette lettre à ma mère morte. Une mère morte qui m'a curieusement aimée. À sa manière. C'est drôle comme sont les choses de l'écriture. Depuis que j'ai commencé à rédiger ce manuscrit, elle est là, elle me souffle ses mots, elle revient la nuit, elle me réconforte, elle me dit d'oublier son absence pour faire parler sa voix.

Je n'ai jamais vu sa tombe.

11

De sa folie des grandeurs, il n'est rien resté. De ses années de travail, de son orgueil et de sa rage, il n'est rien resté. Le château a été saisi. Vendu aux enchères pour une bouchée de pain. Les beaux meubles qui lui venaient de sa mère. Vendus aux enchères aussi. Les tapis, les tableaux, les lustres, les vases, les commodes, les armoires, les secrétaires, tout ce qu'elle avait entassé. Vendu. Vendus aussi les bijoux, les souvenirs, les brimborions, les choses de valeur et les choses sans valeur. Tout est parti. Tout. C'est à l'encan que sa vie a fini.

Parfois dans des accès de folie haineuse de n'avoir jamais rien su refuser aux trois enfants rois, elle hurlait :

– Vous n'aurez rien !

Elle avait bu. Ses yeux brillaient. Elle regardait ses fils. Elle les haïssait. Elle savait qu'elle aurait dû les envoyer paître aux cinq cents diables il y a longtemps déjà. La force lui avait manqué. Elle savait également qu'ils l'auraient dévorée vivante au moindre signe de faiblesse. Elle hurlait encore :

– Dire que mon cousin Charreau a fait une donation. C'est de la blague, de la foutaise ! Donner de son vivant, autant dire courir à la ruine. Maintenant, la mère Charreau a le cul dans la palisse. Pas un seul de ses quatre drôles ne la sortira du pétrin. Trop égoïstes. Faut faire confiance à personne… Vous n'aurez rien !

Elle était en rage contre la terre entière, enragée d'avoir à se débattre seule, sans homme, sans soutien, sans appui. L'impitoyable cruauté de devoir affronter seule les instances administratives et judiciaires. La dure banalité d'être une femme seule. Une femme sans mari. Une femme de la grande famille de celles qui luttent seules. À armes inégales. Veuves. Divorcées. Célibataires. Outrée qu'elle était de voir ses proches, sa propre famille, son propre sang, assister à la chute de l'ange avec indifférence. Avec même une certaine jouissance. Un juste retour des choses, pensaient-ils. Elle l'a bien cherché. Elle paie pour tout le mal qu'elle a fait.

Non, rien n'est resté. Juste une illusion. Juste le souvenir des bijoux incroyables qu'elle portait. Une bague demi-sphérique incrustée d'étoiles d'émeraude et de saphir qui me fascinait quand j'étais enfant. Partie elle aussi dans la curée. Le diamant a survécu, je ne sais pas comment. Il y eut l'amertume de voir notre nom imprimé dans le journal non pas à la rubrique des exploits, mais à celle des ventes aux enchères publiques : le fruit des saisies à portée de tous les yeux et de tous les commérages. Juste l'amertume de ne plus rien avoir dans la vie et d'observer les autres, les mieux lotis, les héritiers, les petits messieurs qui vous toisent sans savoir que, de l'échelle sociale, on tombe parfois quand on loupe un barreau. Personne n'a l'air de savoir qu'il y a aussi la ruine. C'est une tache, un poids, une malédiction, une humiliation. On ne se guérit pas de la ruine. Ma mère n'en fit jamais le deuil. Mes frères non plus. Elle avait tout eu. Elle perdit tout. Je n'ai jamais vu une chute aussi tragique que la sienne. Ce fut une descente aux enfers poignante et inhumaine. À la fin, pas même pouvoir se chauffer l'hiver. Pas même pouvoir manger du solide, juste des plats de pauvres. Des trucs en boîte. Des œufs brouillés. Ma grand-mère disait : les Untel, ce sont des nobles gueux. Il leur restait parfois un château, leurs armoiries, leur particule et rien d'autre. Or même sans rien et dans toute leur gueuserie, il leur restait leur noblesse. À nous, il n'est rien resté. Nous n'avons même pas pu prétendre. Après la mort de ma mère, mes frères et moi, nous avons dû mettre un terme à la curée. Nous avions déjà renoncé à l'héritage de mon père. Nous avons renoncé à celui de ma mère. Elle m'avait écrit sur le dos du poster retourné : tu n'auras rien. Elle n'a pas trahi sa promesse. Je n'ai rien eu. Ne pas avoir à se traîner les héritages, quels qu'ils soient, qui sont souvent plus lourds qu'une dalle de béton, je me dis que c'est peut-être préférable. Qui sait ? Il m'arrive aussi de penser que, moi non plus, je n'ai jamais fait le deuil de sa ruine. Elle reste comme une blessure ouverte. Une histoire non réglée.

12

Marco, lui, prend les choses avec méfiance.

J'ai changé. Je ne suis plus l'adolescente qu'il a rencontrée. Non contente d'être une inconnue, je suis devenue une ennemie. Il m'en veut de tout ce qui nous arrive, ce livre, ces idées, ce feu qui couve. Qu'est-ce que je manigance ? Qu'est-ce qui me prend ? Je ne vais quand même pas y croire pour de vrai à cette histoire d'être un écrivain ? C'est juste l'affaire d'un bouquin et tout va repartir comme au bon vieux temps. Les écrivains, ils ne sont pas comme ça, enfin, pas comme moi ! Et je voudrais lui expliquer le pourquoi du comment ! Que l'écriture m'occupait déjà quand nous nous étions rencontrés. Qu'elle était la troisième personne de notre couple, bien vivante, bien présente. Changer ? Non, je n'avais pas changé, je ne m'étais pas éloignée de lui, mais les artistes vivent à un rythme différent. Ils ont besoin d'espace, de silence et de solitude. Quelles salades ! Il y avait assez d'années qu'il me voyait vivre pour savoir ce qu'il fallait pour me rendre le sourire. Un bon resto, un bon bouquin, une bonne baise. Il secoue la tête. Je suis vraiment toquée. Que lui dire ? Mon livre parle du silence et de ces choses qu'on ne peut pas dire avec les mots. Peut-être pourrait-il le lire ? Il avance, bon garçon :

– Allez, va, je le lirai ton bouquin.

L'objet atterrira sur son chevet. Il y restera. Le jour où je le découvrirai fossilisé sous la poussière, il reprendra sa place dans la bibliothèque.

Tout a trop changé. J'aime Marco par habitude. Le bonheur d'être ensemble s'est transformé en habitude de bonheur, puis en habitude d'habitude. Je ne le déteste pas. Je préfère juste détourner les yeux d'un visage qui a été beau et que j'ai terriblement aimé. Nous dînons, moi en tête-à-tête avec le mur, lui en tête-à-tête avec la télévision. Comment la catastrophe a-t-elle commencé ? Est-ce moi qui ai dérivé ? Est-ce l'écriture qui m'a fait dériver ? Est-ce Marco qui est devenu un autre homme ? Nous vivons des vies parallèles. À quand remonte la dernière fois où nous nous sommes raconté le petit cinéma de nos journées, comme autrefois ? Elles étaient si longues quand nous les passions l'un sans l'autre, et le soir était si distant du matin. Désormais quand Marco part au travail, je dors encore ou je feins de dormir. J'aime être seule au réveil. Il rentre tard, parfois très tard. Il ne me manque pas. Je ne lui manque pas non plus. De plus en plus impliqué dans la lutte syndicale, il passe voir des copains après sa journée. Il m'appelle pour me dire qu'il ne rentrera pas dîner, mais qu'il ne s'attardera pas. C'est l'affaire de deux heures. Pas plus. Il est une heure du mat' quand il franchit la porte. Parfois plus. D'où vient-il exactement ? Est-ce à la seule lutte syndicale qu'il se dévoue ? Il sent l'alcool. Peu m'importe. Je suis endormie. Ou je fais semblant. Nous n'avons plus les mêmes goûts. Nous n'avons plus les mêmes rêves. Tout nous distinguait et tout nous distingue toujours. L'amour nous a sauvés au départ. Beaucoup d'amour. Et la jeunesse aussi. La vie, elle est donc comme ça ? La passion ne dure qu'un temps, ensuite on s'accommode. On hésite à partir. On a peur. On se dit que la solitude sera pire. Les enfants, ça doit aider dans des moments pareils. Ils font diversion. Ils parlent à votre place. Ils remplissent le vide. Un peu comme les amis. Ou la télé. Nous, on est seuls et bien seuls. Marco a changé. Il s'est fermé. Il est devenu buté, autoritaire. Il y a un malheur rentré en lui qu'il ne peut pas sortir. Il a des problèmes au travail dont il ne parle jamais. Je ne pose pas de questions. Au fond, je n'ai pas envie de savoir. Est-ce donc si grave quand on ne veut plus jouer son rôle de femme tranquille ? Est-ce l'effet boule de neige ? Plus ça va, moins ça va. Y a-t-il un point de non-retour au-delà duquel c'est fini, on a vu, on a pigé, faut plus nous la faire. J'ai pourtant été heureuse dans ma kitchenette. Je prenais mes recettes dans *Marie-Claire*. Je m'appliquais pour ne pas brûler le caramel. Une seconde et ça rate. C'est pas facile, le caramel. Je me coiffais comme les filles des magazines. Maintenant, je peux m'habiller comme les filles des magazines. L'argent achète tout. Même l'illusion. Marco hait ces dépenses. Elles sont sources de constantes querelles. Je ne sais même plus pourquoi je dépense. Est-ce que ces objets qui ont fini par envahir l'espace de la petite maison, ces fringues, ces livres, ces lampes, ces chaussures, ces bijoux, ces babioles, ces meubles qui comblent notre vide, que j'achète semaine après semaine de manière obtuse et têtue, régulière et mécanique, systématique et pathologique, comme on entasse du malheur, me donnent l'illusion de vivre mieux, plus pleinement, plus intensément, en rejetant dans l'oubli le temps miteux des années de galère ?

13

Est-ce donc ça vieillir ? Est-ce prendre son mal en patience ? Je tente parfois une percée en ligne ennemie. Peut-être que c'est fini entre nous ? Peut-être devrions-nous nous séparer ?

– Tu plaisantes ou quoi ? On en a trop bavé pour être ensemble ! C'est pas pour se séparer maintenant !... T'as la mémoire courte !

– Nous ne nous parlons plus. Nous ne faisons plus rien ensemble.

– Ben, je rentre tard et tu travailles beaucoup...

– Je ne suis pas heureuse. Quelque chose ne va pas. Je dors mal. Je vis mal.

– Juste un coup de déprime, ça passera, tu verras ! Moi, je suis heureux avec toi... et puis on s'aime toujours bien quand même, non ?

– Mais j'en ai marre de toujours te répéter les mêmes choses ! Ras le bol de ton bordel, un coup de main de temps en temps, ce serait pas de refus...

– On prendra quelqu'un si tu veux. Pourquoi est-ce que tu ne me l'as pas dit plus tôt ? Hein ?…

– Tu en as de bonnes ! Tu crois qu'on a les moyens de prendre quelqu'un ? Tu te moques de moi ?

– Allons ! Quelques heures par semaine… On peut quand même se payer ça…

– Et puis, écoute… disons qu'on pourrait partager des trucs, sortir le dimanche ensemble, aller voir des expos, ce serait bien, non ? On ne fait rien ensemble.

– Mais le dimanche, tu sais que je suis fatigué… Je n'ai envie de rien le week-end…

– Si tu dormais plus dans la semaine ! Tu mènes une vie de barreau de chaise… Toujours rentré à pas d'heure…

– Hé, arrête avec tes sermons ! C'est vrai que toi, tu es parfaite.

Je soupire. La télé fait les questions et les réponses.

– Regarde ! Ils repassent *Shining* ! Génial !…

Toute l'attention de Marco est accaparée par la télé. Toute son attention, toute sa vie, toute son énergie. Ça s'est fait très progressivement. Au début j'ai cru qu'il était scotché à l'écran pour éviter le dialogue, éviter le monde, m'éviter, éviter nos silences, éviter les confrontations. Maintenant c'est juste devenu un réflexe. Il franchit la porte et allume la télé. Son regard s'y colle comme une abeille sur un pot de miel. Notre soirée commence. On s'enferme dans nos mondes. Moi, avec mes chimères. Lui avec ses images. Cela fait combien de temps qu'il passe ses soirées affalé dans le canapé à picoler des bières ? Notre vie a été remplacée par un univers d'images. Marco fait des voyages par procuration. Marco désire par procuration. Marco se fait des frayeurs par procuration. Marco rit d'autrui par procuration.

– Tu restes pas ? *Shining* pourtant, c'est un de tes films préférés ! Tu aimes bien Kubrick…

Il a le ton gentil, un peu taquin, le ton du papa avec son petit. J'explose :

– Je l'ai vu trois fois, c'est bon. Je vais lire. À tout à l'heure.

– Je regarde, hein ? Tu veux que je te l'enregistre ? Non ?… Bon, alors, à tout de suite !

J'ouvre un livre. Des cris proviennent de la salle à manger. Je patine à vide. Trois fois que je relis le même paragraphe sans rien y comprendre. Ça hurle maintenant. Le ramdam me tape sur le système. Je rejette les draps, fonce :

– Baisse cette télé de merde ! Tu ne te rends pas compte du boucan que ça fait !…

Je le regarde avec hargne. Il n'a pas bougé. Il n'a pas répondu. Je m'avance pour baisser le son.

– Arrête ! Je te fous la paix, alors fous-moi la paix ! Tire-toi de là !

– Je ne peux même pas lire !

– T'avais qu'à rester et regarder le film. Lire, tu ne sais rien faire d'autre ! Ça ne te rend pas plus maligne !

– Pour toi, mon pauvre, c'est râpé depuis longtemps !

– Casse-toi !…. Tu me fais chier !

– Débile !

Je fais volte-face, me fige. J'ai surpris mon reflet. Est-ce moi, cette harpie ? J'ai les cheveux en bataille, la bouche mauvaise, les traits tirés. Dans mon dos, les cris de Jack Nicholson repartent de plus belle. Je file dans la salle de bain. Revue de détail. Mon tee-shirt est déchiré aux aisselles. Il a dû être rose dans une vie antérieure. Sur le devant on peine à reconnaître la tête de Mickey. J'ai l'air d'une guenille. Je me fourre sous la couette. Le sommeil tarde à venir.

Tout nous distingue, Marco et moi. Nos goûts. Nos vies. Nos choix. Nous ne sommes pas faits l'un pour l'autre. Nous ne l'avons jamais été. Ma mère le savait. Ma grand-mère le savait. Elle savait qu'un jour il picolerait des bières et que je marcherais au Valium. Maintenant que l'amour se tire en douce, il ne nous reste rien. J'avais choisi Marco pour de mauvaises raisons. Juste pour pouvoir me faire la malle. Comme ma mère. C'est juste pour se tirer de chez elle qu'elle avait épousé mon père. On lui menait la vie si dure qu'elle avait pensé s'enfuir avec un cirque. Était-ce Marco que j'avais choisi ou avait-il été un tremplin pour m'éloigner des miens ? Était-ce lui que je désirais ou une arme dans la guerre contre mon milieu ? Une balle supplémentaire dans mon fusil. Un drapeau que je brandirais en affirmant ma différence. Une balle contre elle, contre ma mère. Pour pouvoir dire : je ne suis pas toi et tu n'es pas moi, et finir par avouer tant d'années plus tard : tu es moi et je suis toi. D'instinct elle a su avec Marco. Elle a toujours su.

Assez de cette ritournelle. Je ne veux plus penser. Le

film vient de se terminer. J'avale en hâte un somnifère. Marco franchit la porte de la chambre. Je m'efforce de ne pas bouger.

14

Je suis face au miroir. Je me suis fait couper les cheveux court la veille. Au matin ils sont plats et ratatinés. La coiffure m'enlaidit. On ne voit que mon visage fatigué et la déprime qui s'y colle. Marco trouve que les cheveux courts ne me vont pas. Il a raison. Mais tout ce qui m'enlaidit m'attire. Mes nuits sont peuplées de cauchemars. Je vais faire construire une maison. Le terrain, petit, est entouré d'une grille haute. Une dalle de ciment a déjà été coulée à l'emplacement de la future construction, mais contre toute attente, des bulldozers arrivent pour la défoncer afin d'établir de nouvelles fondations. C'est du moins ce qu'on me fait dire. Je m'en étonne. Les mâchoires des pelleteuses creusent la surface du béton qui se déchire aussi facilement qu'une feuille de carton. Leurs dents découvrent alors des couches d'ordures qui ont été compilées sur plusieurs mètres, cartons de lait, bouteilles plastique, ferraille, vieux habits, papiers, objets divers. Le tout est entassé de manière ordonnée par catégorie. Au matin, je sais que telle est ma vie. Des années de vie rangée édifiées sur un mensonge. Même si je tiens en apparence, mes fondations sont pourries.

Je trompe Marco comme ma mère trompait mon père. Pour les mêmes raisons. Non par amour pour ces types, mais par revanche, pour nous faire du mal à lui et à moi. Pour nous punir de ne pas avoir été à la hauteur. Ma mère pousse en moi. Elle grandit et prend ma place. Il nous faut détruire. Bâtir et y prendre plaisir avant de tout bazarder pour y prendre autant de plaisir. Nous jeter dans des aventures sans consistance ni avenir et y laisser des plumes au passage. Pour nous briser. Nous jouissons de ces blessures. Dis, est-ce que les parallèles se rejoignent à l'infini ? Est-ce que je suis devenue moi aussi pleine de haine, pleine de hargne, pleine de malheur et d'impuissance lucide ? Parfois son destin me bouche la route, terrible. Un mur. Un destin qui pourrait être le mien. La lutte solitaire, les chiens aux trousses, le cynisme, la misère.

J'ai cherché à tuer ma mère dans un texte qui a pour titre *Ce que racontait Jones*. Je n'y suis pas parvenue. Elle revient. Elle revient toujours me hanter. J'y suis pourtant allée à grands coups de couteau. Faut croire que ça n'a pas suffi. Que d'efforts nous faisons pour ne pas leur ressembler ! J'ai eu deux mères. Ça me sauve. La deuxième me sauve du fantôme de la première. Une femme à terre. Une femme qui ne voulait pas tomber et qui a fini sur le carreau. Elle m'a chassée à trois semaines. Elle m'a chassée pour mon bien. D'avance elle savait qu'elle allait tout foirer et qu'il fallait enrayer la machine à détruire. Elle s'est effacée devant l'autre, l'aînée. Peut-être savait-elle qu'elle serait incapable ? Peut-être savait-elle qu'on m'aimerait mieux ailleurs ? Je veux croire que c'est par amour qu'elle m'a donnée.

Je présente mon second roman à la bibliothèque municipale de P*** en 1995. J'ai écrit l'histoire d'une femme coincée dans son mariage. Elle voudrait prendre un amant. Elle n'en a pas l'audace. Dans cette petite salle une quinzaine de femmes sont venues m'écouter. Deux hommes seulement. Le cercle est étroit autour de moi. Les chaises sont proches de la mienne. Trop proches, à se toucher. Je n'aime pas ça. L'atmosphère est tendue. Le ton devient vite agressif. Les femmes n'ont pas aimé le livre. Il y a de la tension dans l'air. Je réponds de travers. La connerie à ne pas dire. La première occasion est la bonne. Une lectrice m'attaque. Misogyne, le mot est lancé. Je suis misogyne. Les autres s'engouffrent dans la brèche. Chacune y va de son coup de griffe. Les chaises, trop proches, elles étaient trop proches dès le départ. Je me ratatine. Une nuée de sauterelles est sur moi. Une rencontre avec des lecteurs qui tourne au règlement de compte. Ça arrive. Mon personnage féminin est mesquin, odieux, disent-elles. Elles sont contentes de pouvoir me le dire haut et fort. Faut pas écrire des choses comme ça, madame. Les femmes ne sont pas des oisives égoïstes et cyniques. La manière dont je les décris est révoltante. Les lectrices ne savent pas – qui le saurait ? –

que ce ne sont pas les femmes que je n'aime pas, c'est moi que je hais.

Ma mère me parle. J'ai dix ans. Comme chaque dimanche, mes grands-parents et moi, nous sommes venus déjeuner chez mes parents. On arrive pour onze heures. C'est une visite tout ce qu'il y a de plus officiel. Une visite de politesse raide et guindée. Vers trois heures et demie il me faut monter dans la chambre de ma mère afin de lui signifier notre départ. Elle fait toujours la sieste le dimanche. Elle me demande de m'asseoir sur le bord de son lit. Elle veut me retenir. J'ose à peine regarder le décor d'opérette au milieu duquel elle se prélasse. Elle est affalée dans ses coussins. Des froufrous tapissent son alcôve. Dans un grand cadre doré une Vénus joue avec des angelots. Ma mère parle de ses affaires, de ses clients. Que dit-elle ? Maman travaille très dur. Il faut travailler dur dans la vie. Surtout une femme. Ses vêtements sont éparpillés partout par terre. Sur sa coiffeuse il y a des parfums, des pots, des brosses, des cotons. Toujours du bordel. À la fin finale, les femmes travaillent toujours plus dur que les hommes, dit-elle. Je suis murée dans mon silence. Elle continue à parler seule. Elle soupire, dit encore : les coups les plus bas que j'ai reçus, ce sont les femmes qui me les ont donnés. Une femme, si elle est belle et intelligente par-dessus le marché, on le lui fera toujours payer. Je n'écoute pas. Quels coups bas a-t-elle reçus ? Que veut dire ce charabia ? Peut-être qu'elle se croit intelligente ? Et belle par-dessus le marché ? Le raisonnement me passe à trois kilomètres au-dessus des oreilles. Je n'ai qu'une envie : quitter au plus vite l'atmosphère étouffante de cette chambre pour rejoindre mes grands-parents qui m'attendent au rez-de-chaussée.

15

Je marche sur le trottoir.

Peu de choses ont changé dans le quartier Saint-Jean. Non, peu de choses ont finalement changé depuis mon adolescence. On entend toujours la rumeur des trains par-delà les maisons basses. On n'entend plus le mugissement des navires. Que j'aimais ces grands pleurs mi-homme mi-bête ! Ce n'est pas de Bordeaux que ma grand-mère s'était embarquée, mais de Gênes. Canal de Suez, Colombo et l'Australie ensuite. Au bout de ma rue, le Sacré-Cœur dresse ses murs brun rosé que la pollution a noircis. Une croix s'élance vers le ciel. J'aime la savoir là. Elle brille comme un phare. La cloche égrène ses heures. Dans une grande maison qui donne sur la place de l'église a vécu le peintre Marquet. Le supermarché du coin n'est pas aussi bien qu'il l'a été. Il y a moins de choix qu'avant. Le quartier de la gare s'est appauvri. À côté de chez moi, dans une masure, un truc crasseux dont le passage ouvert embaume la pisse, vivent un Espagnol qu'on appelle l'Espagnol, Ali, un Marocain sans âge, et une veuve. Ali ne sait ni lire ni écrire. Ali n'a pas le sou pour aller mourir au soleil de Marrakech. Sa ville. Là où les exilés n'ont pas les moyens d'aller se faire bronzer. De chez moi, j'entends souvent l'Espagnol s'époumoner avec un gros accent :

– Cette piaule de merde, même un clébard en voudrait pas ! C'est quoi qu'il fout le proprio ? Le proprio, il s'en fout des cloches comme nous !

L'Espagnol va souvent taper du fric à sa mère qui habite la maison de derrière. Tout s'entend de notre cour. La vieille femme pleure. L'autre gueule, elle refuse, il gueule plus fort et le calme revient quand elle a raqué.

Je marche pour me rendre à l'arrêt de bus. Je regarde ce quartier où je ne reviendrai plus. Jamais plus. Je le quitte pour la seconde fois, et cette fois-ci, c'est la bonne. Je tremble. J'aspire à pleins poumons l'air froid de novembre. J'ai un vieux sac de voyage dans la main droite. Je tire une valise à roulettes de l'autre main. Mon manteau vient des puces. Mes bottes prennent l'eau. Dans le sac et la valise j'ai fourré ce que j'ai pu harponner dans la bataille. Je viens de quitter Marco. Voilà. J'ai quitté Marco. Ce n'est pas un coup de tête. Il y a des années que ça me bouffe. Des années que ça tourne à me donner le tournis. Rien n'est jamais acquis, même le bonheur. J'aurais pu m'offrir un départ sur les chapeaux de roue, sauter dans ma voiture et dire :

– Adieu, Marco !

Mais Marco a pris les clefs de la Renault.

– Tu peux partir à pied.

Il veut m'impressionner, me retenir peut-être.

Il peut garder ma voiture. Je m'en fous. Il y a toujours des bus à Bordeaux. Celui-ci ne passe pas souvent. J'ai dit adieu aux chats, deux petits gentils, rondouillards et doux comme des poupées de chiffon. Hier, quand je lui ai dit que je partais, Marco n'a pas supporté.

– Tout ça, c'est fini. Nous, notre vie ensemble, c'est fini.

Je partais. C'était clair et limpide.

– Je t'obligerai à rester. Tu es ma femme.

Je n'ai pas compris tout de suite où il voulait en venir.

– Personne n'appartient à personne. Je pars.

– Mais t'as pas l'air de comprendre. Tu es ma femme et tu resteras.

Marco s'est dressé face à moi. Il barre la porte d'entrée. Il me menace. J'ai posé mes valises. S'il y a bien un truc auquel je ne m'attendais pas, c'est d'affronter un ennemi.

– Je ne t'appartiens pas.

– C'est ce qu'on va voir !

J'attrape mes valises. Je veux m'échapper. Je cours. Trop tard. Je hurle. Je lâche mes bagages. Marco m'a tirée par le bras, m'a jetée sur le lit. Je hurle. Les voisins vont finir par appeler les flics. Marco va me massacrer. Il retient son poing. Je hurle. Mes hurlements sont sinistres. Ça dure une éternité. Nous finissons par nous calmer. Nous nous asseyons au bord du lit, la tête dans les mains. Je suis hagarde. Marco est blême. Nous nous regardons. Nous nous étreignons. Nous pleurons dans les bras l'un de l'autre.

Je crois que les hommes et les femmes, nous voyons vraiment le monde différemment. Comment lui expliquer que je pars et que je l'aime encore. Il penserait que je me fous de lui. Il a dit qu'il en mourrait et je sais qu'il dit vrai. Je sais que chacun de notre côté nous allons mourir de l'absence de l'autre, souffrir de l'absence de l'autre, nous guérir de l'absence de l'autre si c'est possible de guérir de ces choses-là, puis repartir si nous le pouvons. J'ai vu ma mort entre ses bras.

Je lui ai dit :

– Notre vie est une tombe.

– Comment peux-tu parler ainsi ?

Notre vie était une tombe et je voulais vivre encore. Je hais le mal que je lui fais. Mon histoire n'a pas commencé en ce jour du départ où je marche vers l'arrêt de bus. Elle a commencé bien avant, car les histoires naissent dans nos têtes pour s'y ensommeiller parfois. Ce sont de drôles de plantes qui ne meurent pas exactement, mais végètent en attendant l'heure propice. Je me souviens d'hier qui était mon enfance où ça brillait encore. Il y avait les matins d'été, le jardin du grand-père, les grandes journées de lecture et l'éclat des choses. Ma vie tenait entre mes mains. Les rires étaient de vrais rires. Pas des bruits de gorge qui vont mourir dans l'air. Et tout s'était terni. J'avais basculé de l'enfance dans quelque chose d'aussi glacé qu'un puits. J'avais attendu un enfant. Je n'en avais plus voulu. J'aurais pu donner naissance à Mozart. Je m'en foutais. C'était la fin de l'enfance. Je me souviens d'hier qui était ma jeunesse.

Marco partait au travail en sifflotant. Il rentrait et on s'enlaçait. Il avait de la peinture jusque dans les oreilles. Il y avait la petite maison des bords de Charente, le réchaud à gaz, les boîtes de raviolis et notre amour qui nous gardait au chaud. Ma vie tenait entre mes mains. Tout avait basculé. On ne sait jamais comment les catastrophes arrivent. La vie nous chasse, elle nous chasse toujours un peu plus vers l'avant, jamais nous ne nous retournons. Impossible de savoir d'où sont tirées les balles. Voilà pourquoi tout foire. Tout a peut-être commencé en 1996 quand j'ai fait l'éloge de l'oubli dans un texte auquel j'ai donné ce titre. Je ne savais pas, car l'écriture est une nuit que nous traversons sans lumière, que je portais déjà mon propre deuil.

Sur le pas de la porte, Marco a dit :

– Tu fous ma vie en l'air !

16

J'ai attendu le bus, mon sac dans la main droite, la poignée de ma valise à roulettes dans l'autre main. La peur, si je l'ai croisée en route, je veux l'oublier. Peut-être qu'un jour viendra où j'aurai vraiment peur, mais l'heure n'a pas encore sonné.

Je suis descendue barrière de Toulouse et j'ai marché jusqu'à la maison que j'avais louée. J'allais y vivre seule. Sans Marco. Sans les chats. J'avais le cœur serré. Les travaux n'étaient pas terminés. Il y avait des semaines qu'elle aurait dû être prête, cette foutue baraque. J'avais attendu près d'un mois en poireautant chez moi, enfin chez Marco, tout en sachant que ma place n'était plus là et qu'il me fallait partir. Je n'en pouvais plus de continuer à mentir en faisant comme s'il était encore possible de raccrocher les wagons. J'avais tanné le proprio au téléphone, mais il n'avait pas l'air de vouloir comprendre que ça urgeait. Le genre qu'a jamais quitté sa grosse. Quand je suis arrivée, il était là. Cette fois-ci, c'est après les radiateurs électriques qu'il en avait. Il faisait tout lui-même pour dire de gratter trois sous. Du style pas doué qui monte les portes à l'envers. Un vrai cauchemar. Et comme il n'y connaissait rien en croyant tout connaître, il s'est avéré à l'usage que tout foirait dans la cambuse. Les radiateurs, les chiottes, la tuyauterie.

J'ai dit :

– Il me faut la maison. Maintenant.

J'ai posé mes deux valises. Il ne savait pas quoi répondre. Il a montré une pièce où je pouvais m'installer.

– Mettez vos affaires ici si vous voulez, c'est en attendant. Vous aurez assez d'une pièce ?

J'ai posé mes deux valises.

– Oui.

Il était là bras ballants. Il devait avoir une maison pleine de trucs immondes achetés à crédit. Il lorgnait les deux vaches en grimaçant. Il se grattait la tête avec un air con.

– C'est tout ce que vous avez ? a-t-il fini par demander.

– Oui.

Deux valises. C'était tout. J'avais deux valises pour toute fortune. Échapper au tribut, quel qu'il soit, c'est une chance. Je n'ai rien expliqué. L'autre n'aurait pas compris. J'ai vécu là, seule, et ensuite j'ai quitté la France, seule. J'ai échappé aux objets. Pendule, fauteuil, canapé, secrétaire, argenterie, buffet, matelas, photos, lampes, etc. Les objets envolés dont j'avais fait l'inventaire dans un texte où ils pouvaient reposer. Ils m'auraient encombrée. Mon troisième livre *Éloge de l'oubli* est sorti le jour de la mort de mon père. Avec la complicité de

Marco, j'en ai dissimulé un exemplaire dans son cercueil. J'ai aussi glissé un petit sac de sable entre les pages, du sable rouge ramassé au pied d'Ayers Rock. Je voulais qu'il emporte un peu de la terre qui l'avait vu naître. Le titre du texte était prémonitoire. Il était temps de partir. Un an plus tard, je suis partie. Au Nouveau Monde, les écailles vous tombent des yeux. J'ai réappris à vivre sans seigneur et sans maître. Vivre sans avoir à m'excuser de vivre. Et je me suis offert le luxe de croire qu'écrire, oui, c'est un métier et que ce serait le mien désormais. La lumière australe est si intense qu'elle rend lucide et la vie est fille de la lucidité.

17

L'écriture est une drogue très spéciale qui permet à celui qui s'y adonne de décoder les signes. C'est un peu magique. Un peu sorcier. Écrire permet d'ouvrir les yeux, de voir au sens fort, d'être voyant comme l'écrivait Rimbaud. Écrire protège aussi. Même à nu, on reste encaparaçonné. L'écriture est une forme de sorcellerie et un exercice de conjuration. Mettre le monde en mots lui redonne sa magie tout en lui ôtant sa mauvaiseté. Il y a dans cette transsubstantiation une manière de rendre meilleur celui qui la pratique en toute honnêteté : écrire, ou penser de manière générale, philosopher, peindre, créer, ce n'est pas tant produire un résultat de l'ordre du visible et du palpable contrairement à ce qu'on pourrait croire. C'est moins dans ce qu'on voit que dans ce qu'on ne voit pas que se tient l'art, dans ce qu'on ne comprend pas, dans ce qui ne s'explique pas, c'est-à-dire dans l'existence même de l'artiste. Sa vie et son œuvre devraient se compléter, ou dans l'absolu, se refléter. Car l'existence d'un créateur est souvent sa plus belle création. Beaucoup vous fourgueront de la marchandise frelatée dans un bel emballage – l'art est un moyen de s'acheter une conscience à bon marché, les malhonnêtes le savent –, mais écrire ne délivre de rien, écrire n'est pas une forme de salut, écrire ne vous lave pas de votre crasse. Créer devrait s'apparenter au travail spirituel qui engage l'être et l'âme. Les textes, c'est soi, si bien que plus on vieillit, moins on se cache. Plus on a pour devoir de refuser le divertissement au sens pascalien, car le divertissement éloigne or il faut au contraire se rapprocher de soi. Et ne pas avoir peur de se donner à lire, parce qu'il faut savoir donner. Refuser la langue de bois et jouer cartes sur table en dévoilant ces choses intérieures, indiscrètes, impudiques qu'on a l'habitude de taire. Sinon il n'y a pas de littérature possible.

18

Ce soir je ne crois plus aux histoires.

Il y a des mots que je ne veux plus prononcer : silence, servitude, ruine.

L'omerta, je l'ai rompue. Quand je suis en famille, l'Australie est effacée par mon entourage, ma vie est raboutée au passé d'avant mon départ, d'avant cette longue parenthèse, cette erreur. Cette étrange chirurgie a pour but de nier le pays qui me constitue pour moitié. Le pays qui me manque aujourd'hui où j'écris. Je me trouve alors devoir taire et mes douleurs passées aussi bien que présentes et l'Australie que mon père et mes grands-parents taisaient si bien eux aussi. Sauf avec moi. J'étais devenue leur mémoire. Est-ce le lot des exilés ? Mentir, sauver la face et faire comme si l'ailleurs et ses vérités – quelle qu'en soit la cruauté – n'étaient que chimères. Parfois ce sont des romans qui s'imposent à moi, parfois ce sont des vies simples dans leur grande nudité sans grandes phrases pour les faire froufrouter. Des vies sans fioritures et sans paillettes. Des vies sans histoire que je ne veux pas oublier, car il ne faut pas oublier. Que la vie est tranquille quand elle emprunte le chemin de l'autobiographie. Je n'avais jamais vu mon existence sous cet angle écolier. Elle me semble si ordonnée aujourd'hui ainsi réduite en chapitres. Elle a même l'air de faire sens. La mettre en paragraphe lui ôte tout de même de son tumulte. C'est dommage. Le bel agencement de la mémoire sélective laisse peu de place au bruit et à la fureur. La différence entre roman et autobiographie ? Voilà un beau sujet que nos profs de fac adoraient. Eh bien tous les romans sont des autobiographies et toutes les autobiographies sont des romans. Les romans sont plus proches de la vérité toutefois. Ils en ont la confusion, la violence et le cri. Et pourtant dans l'autobiographie, on donne quelque chose de plus précieux. On y est plus humble. Quand j'étais gamine, la porte de ma chambre était toujours ouverte sur la cuisine. J'ai l'impression que c'est la même chose aujourd'hui. On se cache jusqu'au jour où l'on ne veut plus rien cacher. On entre alors dans l'obscénité. Elfriede Jelinek dit que les autobiographies sont un geste d'humanité. Elle a raison. Elles sont un don d'organe. L'auteur y transplante son cœur avec plus ou moins de succès.

Qu'on ne me parle plus de servitude ni de soumission ! Je suis partie deux fois, dix fois. Dix fois l'écriture a été ma complice. Elle m'a aidée à quitter Marco. Elle m'a donné ce courage. Elle m'a aidée à quitter R***. Elle m'a donné cette bravoure. J'ai vécu avec un homme qui voulait ma mort. R*** était l'un de ces types qui s'avancent masqués. Et moi je ne l'avais pas vu venir sous ses airs chic. Pour une fois que j'avais trouvé le gars prestigieux dont ma mère avait toujours rêvé pour moi. Pour une fois que j'avais trouvé la sécurité, la grande maison, la planque. C'était bien ma veine. Le mec était fou à lier. Une grosse erreur de ne pas reconnaître son ennemi à temps. Le piège s'est trop vite refermé sur moi qui venais de France. Je ne savais pas encore que l'Ouest australien est hostile. Les hommes qui l'habitent peuvent être sacrément hostiles eux aussi. On a du mal à imaginer quelle folie habite les crânes dans ces coins retirés du monde.

Un matin j'appelle ma mère. Elle sent le danger. Elle l'a deviné. Elle est la seule qui ait compris, animale, que je suis en danger de mort. Je lui dis que tout va bien, de ne pas s'inquiéter. Je mens. J'y mets le plus de conviction possible. Elle pleure. J'ai rêvé que tu étais enfermée dans une maison. J'ai rêvé que tu étais prisonnière. Ma gorge se noue. Je ne dis rien. Je ne peux rien dire. Inutile de l'affoler. Je répète, plus pour me convaincre moi-même que pour la convaincre : ne t'inquiète pas ! Tout va bien ici. Je raccroche.

J'entends ses sanglots. Elle seule a deviné d'instinct. Il y a un lien plus fort que tout entre une mère et son enfant. Je regarde la belle maison où je vis. La belle maison qui est devenue ma prison. Je suis coincée. Je n'ai pas les moyens de m'enfuir. Ni amis ni travail. Ma seule arme sera d'écrire. Le genre d'arme qui ne tuera jamais. La rédaction de *Jones* me gardera en vie. Le texte a été ensuite publié sous le titre *Ce que racontait Jones.* Les gens ont dit de ce texte qu'il était violent. Ma vie à cette époque était mille fois plus violente que le texte que j'ai écrit alors. Chaque jour, j'écris. J'écris pour ne pas basculer. Quand je n'écris pas, je joue la dernière sonate de Schubert. En *si* bémol majeur. La plus grave. Et je survivrai.

Je m'enfuirai le 1er janvier 1999, je quitterai mon enfer en prenant mes jambes à mon cou.

Quant à la ruine, ne m'en parlez pas non plus ! Effacez ce mot tragique du dictionnaire ! En 2000 Georges M*** a accepté mon quatrième texte, *Lucy comme les chiens.* Un matin j'ai reconnu son écriture sur l'enveloppe que le facteur m'avait déposée au courrier. J'habitais un bâtiment où nous nous étions cantonnés entre immigrés. Éthiopiens, Irakiens, Chinois, Indiens et moi, la Française. Dans un bâtiment voisin, il y avait des Slaves qui aimaient la bibine et la castagne. Les loyers étaient bas. Mes deux voisines, deux sœurs pakistanaises, m'avaient offert une batterie de cuisine en guise de cadeau de bienvenue. En deux ans elles étaient parvenues à acheter une voiture neuve qu'elles bichonnaient amoureusement le dimanche. La lettre tremblait dans ma main. Je ne voulais pas la lire enfermée entre mes quatre murs, si bien que je m'étais installée en plein air sur l'escalier qui montait vers ma cambuse. Je voulais le grand espace pour pouvoir faire face à mon destin quel qu'il fût. Je voulais les perroquets, les honey-eaters, les willies wagtails, les pies et leur cacophonie pour me donner du cœur au ventre au cas où. Je voulais le grand bleu du ciel au-dessus de ma tête et le moutonnement des eucalyptus sur les collines au loin.

Dans sa lettre Georges M*** disait qu'il aimait Lucy.

Il disait qu'il publiait Lucy.

Georges M*** savait que j'étais Lucy, l'attardée mentale, la rejetée, l'avorton, celle qui finirait noyée si on ne lui tendait pas la main. Vite. Après avoir rédigé *Jones*, j'avais écrit *Lucy* qui prit pour titre *Lucy comme les chiens.* La vie de Lucy avait été la mienne. La vie d'un chien. La vision qui engendra ce texte me vint une nuit. Sur une route empierrée, une enfant s'approche. Tandis que cette enfant s'avance à ma rencontre, je marche vers elle. Je reconnais enfin cette petite fille aux cheveux courts. La fillette qui me regarde, c'est moi à dix ans vêtue du cardigan rose framboise que ma grand-mère m'a tricoté. Au fond se dresse une baraque en planches et tout autour la plaine vide et nue qui a servi de décor au livre.

Je venais de passer quatre ans sans contact avec le Vieux Monde, sans parler français, sans lire de journaux, sans entendre de radio, sans savoir ce qui se passait là-bas, dans mon pays. Aucune idée. Quatre années amères. Est-ce que je reviendrais jamais ? Allais-je mourir ici sans revoir mon pays, mon beau pays de France ?

Je pensais à Du Bellay dont les vers m'étaient devenus douloureux. [...] *en quelle saison/Reverrai-je le clos de ma pauvre maison/Qui m'est une province, et beaucoup davantage?* Et là sur les marches de ciment qui montaient vers ma turne où j'avais pour toute fortune les meubles, draps et couvertures, achetés deux dollars à la mission locale Saint-Vincent-de-Paul, là j'ai pleuré longtemps. Il y a un bon Dieu pour les innocents.

Ce jour-là je suis revenue du royaume des morts.

J'avais vécu dans un vide émotionnel et intellectuel comme personne ne peut l'imaginer en Europe où tout grouille, où les gens pensent, où l'homme de la rue a toujours son mot à dire, où il y a une caricature intelligente sur la première page du *Monde* chaque matin, un petit dessin subtil qui vous tire un sourire. L'ironie et la conscience sont les fruits des vieilles cultures. La subtilité et la sensibilité politique sont le propre de l'Europe. Les fourmis de l'Ouest australien ne rient pas. Elles entassent. En Australie il n'y a pas de commentaires politiques très fute-fute dans le canard local. On y préfère le sport : *footy* en hiver, cricket en été. Natation toute l'année. La vie ne se pense pas. Elle se vit. La société ne perd pas de temps à ironiser. L'Ouest australien est dur, riche, ambitieux. Le seul dieu se nomme argent. La fourmilière marche rondement. Chacun est bien décidé à s'enrichir, par n'importe quel moyen, et tous poursuivent un rêve, un seul : amasser. Malheur à celui qui n'a pas le même rêve. On l'exclura vite de la course. La société avance plus rapidement qu'une moissonneuse-batteuse. Dans leurs vastes maisons logeraient vingt familles soudanaises. L'eau de leur piscine arroserait deux acres d'une terre sèche. Leurs pelouses sont vertes et leurs golfs parmi les meilleurs du monde. Le désert gagne, mais qui s'en soucie ? Les voitures qu'ils conduisent sont puissantes et chères. La jeunesse ? Quand elle ne se bronze pas à Cottesloe, elle vérifie le mouvement de ses actions boursières pour revendre entre deux baignades au cours le plus intéressant. Voici des enfants qui à seize ans sont des vieux routiers du *stock market*. Il y a deux mondes qui ne se côtoient pas et n'auront plus jamais l'occasion (j'allais dire la chance) de se côtoyer : le monde des richissimes et celui des pauvrissimes, de plus en plus nombreux. Le libéralisme produit du pauvre à la pelle. Moi, j'appartiens au clan des déshérités. Mon magasin de prédilection, c'est le *Good Samy*[1]. Heureusement qu'ils sont là pour nous, tous ces bénévoles qui nous accueillent avec le sourire. Je ne peux rien m'offrir de mieux que les fripes, la vaisselle, les meubles et les matelas que d'autres ont déjà fatigués. Je croise sous ce toit les Aborigènes, les mères célibataires, les perdants du quart-monde dont je fais partie. L'Australie ne m'a pas enrichie. Ceux qui se pavanent en haut de la pile me repoussent chaque jour un peu plus vers le bas. Les écarts se creusent. La classe ouvrière qui formait le gros du bataillon est en train de fondre comme partout

1. The Good Samaritan Industries : organisation caritative d'assistance sociale issue de l'Église anglicane.

ailleurs. Le brassage, c'est fini. Cette terre-là n'est pas celle que mes grands-parents avaient aimée. En 1912 il y avait de la place ici pour tous les orphelins de la planète.

Mais chaque fois, si bas étais-je tombée, il y eut cette béatitude, il y eut cette fortune. Un texte m'était donné qui m'arrachait au néant. C'est à frémir, n'est-ce pas ? Comment avoir le front de parler de ruine quand un texte vous est donné comme une main tendue ? Mes nuits sont une source vivante d'inspiration. Aussi ruisselantes de visions et de mots que la chambre tapissée d'ambre qui m'apparut autrefois. Riches en aventures et en rencontres. Au matin je reviens rafraîchie d'un vol interstellaire ou d'un survol des villes et des villages alentour. Quand je suis pressée, j'enfile mes bottes de sept lieues, et me voilà partie. À la nuit noire, le rêve aborigène, le *dreaming*, me rattrape. La mythologie aborigène explique que la terre fut créée lors d'une époque ancestrale nommée le *Dreamtime*. Des êtres fantastiques tels le Dingo, l'Eucalyptus, l'Émeu ou le Crocodile sortirent de la terre alors sans relief. En laissant sur le sol les empreintes de leurs épopées extraordinaires, le chaos de leurs ébats amoureux et les vestiges de leurs luttes, ils sculptèrent le paysage. Mais le Temps du rêve n'appartient pas seulement au passé. L'espace-temps du songe originel est passé aussi bien que présent. Si l'on ne partage pas l'espace mental entre rationnel et irrationnel, l'espace visuel entre visible et invisible, le jour entre veille et sommeil, la matière entre intérieur et extérieur, l'univers entre le monde des vivants et le royaume des esprits, l'on peut pénétrer d'un iota dans la complexité mythologique de cette puissante spiritualité noire.

Sur cette terre étrange où les rêves importent tant, je me suis réconciliée en mettant bout à bout le jour et la nuit, renouant un vivant dialogue avec toi que je n'ai jamais su appeler maman, ma *nya bung*. Moi aussi, je m'en retourne. Je reviens dans ta trace. Nous faut-il brûler nos idoles avant de les adorer ? Me fallait-il endurer ta mort pour que tu renaisses avant que je puisse renaître à mon tour ? Comment avoir le front de parler de ruine quand tant d'amour vous est donné ?

19

Raconter des histoires, non, ce soir, je ne pouvais pas. J'ai la triste impression de témoigner d'une époque disparue, poussiéreuse, enterrée. Le combat pour l'égalité des sexes n'aura bientôt plus de sens. C'était dans les années cinquante. C'était en 1975. Les parents parlaient comme ça de la guerre et on haussait les épaules parce qu'on les connaissait par cœur leurs histoires de poilus. Mon grand-père n'avait pas d'histoires de tranchées à raconter. Il avait dit non à la guerre. Il était en Australie quand elle avait éclaté. Il ne s'était pas engagé. Un jeune homme qui ne partait pas en 1914 était considéré comme un dégonflé, un traître, une lopette. Il avait pourtant refusé d'abandonner sa jeune épouse. Les conditions de vie dans la colonie étaient trop dures pour une femme seule, sans compter qu'elle n'avait que dix-huit ans cette épouse-là. Ils avaient quitté la France en disant non à leur sort, ce n'était pas pour sauter dans le premier bateau le doigt sur la couture du pantalon. Avoir dit non à la grande boucherie, c'était son orgueil. « Aux armes citoyens », c'était pas son truc. Ça ne lui attirait pas que des sympathies dans la famille. Mais il suffit de dire non une seule fois pour se sentir fier d'exister. Non à l'exploitation, à l'humiliation, à la voracité des maîtres, à l'arrogance des gros. Non aux manipulations. C'est peut-être l'une des rares choses qu'on ne nous ait pas encore piquées. On peut entrer dans le magasin aux cruautés, regarder et ressortir comme on était venus, les mains dans les poches. Il n'y a pas d'obligation d'achat. On oublie trop souvent que la vie nous offre aussi ce choix-là. *Homo homini lupus.* L'homme est un loup pour l'homme. Plaute nous l'avait dit. Freud nous l'a rappelé. Suffit d'allumer la télé pour en être persuadé. Mais on n'est pas obligés d'être de la bande. Personne ne nous met le couteau sous la gorge. Non, il n'avait pas d'histoires de poilus à raconter, le grand-père. Il ne nous parlait pas de la mort, il nous parlait de la vie.

Et ma mère racontait les mange-tout.

Je les avais presque oubliés. Nous en riions. Elle est pourtant tragique cette histoire. Voilà. C'était juste après la dernière guerre. Mes parents avaient acheté une petite épicerie. Ils débutent dans l'existence et ne roulent pas sur l'or. Ils doivent payer le grossiste, celui qui leur a livré plusieurs cartons de mange-tout. Ils se sont rendus à Poitiers ou à Niort, je ne me souviens plus, mais ils ont dû aller en ville pour l'occasion. Mon père reste au pied de l'immeuble. Ma mère monte seule dans les bureaux. Pourquoi ? Peut-être se sont-ils disputés. Ce qui leur arrive déjà trop souvent. Peut-être la jeune femme a-t-elle pensé qu'elle négocierait mieux l'affaire seule, car il faut jouer serré. Ils ne peuvent pas payer la facture. Il faut trouver un compromis, demander un délai, étaler les paiements. Elle entre dans le bureau du type, explique la situation. Elle est jeune. Une bouche parfaite, des yeux de jais, la taille mince. Sa hardiesse est inhabituelle. Le vieux hoche la tête, sourit et s'assure que sa porte est verrouillée.

– Une jolie fille comme vous… Il y a toujours moyen de s'arranger…

Il s'est approché, déjà prêt à crocheter la mignonne :

– On pourrait se revoir, qu'en pensez-vous ?

La jeune femme s'indigne, rougit, se dégage.

– Allons, qu'est-ce que ça vous coûte ? insiste l'importun.

– Vieux dégeulasse ! Si c'est croyable !

Elle menace de faire un scandale. Un homme, un vrai, l'attend au pied de l'immeuble. Elle le sait. Une femme peut s'accorder le luxe de l'indignation quand un époux se tient en sentinelle dans sa vie. La jeune femme sort du bureau. Elle ne va pas en rester là. Elle cavale, s'empresse de raconter l'offense. Jamais on ne l'a outragée de manière si grossière.

– Tu te rends compte ? Est-ce que tu te rends compte de ce qu'il vient de me demander ? Hein ?

Elle dévisage l'époux.

Qu'il venge son honneur ! Voilà ce que font les hommes, les vrais.

Lui hausse vaguement les épaules tandis qu'il met le moteur en route. Il doit dire quelque chose comme :

– Qu'est-ce que tu veux y faire ? Il ne faut pas prendre ces choses-là au tragique…

Elle le fusille des yeux. Elle le méprise. J'imagine qu'elle serre les dents pour ne pas pleurer. C'est lui qu'elle voudrait gifler, pas le vieux, mais lui. C'est lui, le salaud.

C'est une lâcheté qu'elle ne lui avait jamais pardonnée. Cette histoire était une histoire triste qui en disait long. Elle disait que le cul d'une femme est une monnaie d'échange convenue. Personne n'y trouve rien à redire. Les femmes écartent les cuisses, c'est une chanson vieille comme le monde. Alors l'homme entre en elles, se décharge en elles et elles obtiennent ce qu'elles veulent. Des bijoux. Des fourrures. Une voiture. Une promotion. La promotion canapé, c'est bien connu. Le sexe de la femme ne vaut rien et toutes les femmes sont prêtes à offrir leur sexe qui ne vaut rien. Le mari est propriétaire de sa femme et du sexe de cette femme. Ce que nous avons de plus précieux ne vaut rien aux yeux de ces hommes-là. Alors que valons-nous, que vaut l'être humain nommé femme en nous, si ce que nous avons de plus précieux n'a aucune valeur ? Notre sexe ne mérite pas la peine de monter un étage pour aller dire son fait à un vieillard. Voilà ce que nous disait ma mère avec ses mots à elle. Une histoire dont nous avions fini par oublier le sens. Ma mère l'avait racontée tant de fois que l'indignation avait perdu de son mordant.

20

Le combat pour l'égalité des sexes n'aura bientôt plus de sens. Rares sont les jeunes filles d'aujourd'hui qui ne font pas les études qu'elles ont choisies, en Europe occidentale tout au moins. Quelle jeune femme n'accède pas désormais à des postes de responsabilité ? Quelle est celle qui ne programme pas ses maternités en fonction d'un plan de carrière minutieusement établi ? J'ai vu aux États-Unis des légions de jeunes femmes étonnantes. Lors d'une journée de conférences à Columbia, je fus frappée par l'aplomb d'une jeune universitaire dont l'exposé, illustré par des réclames des années cinquante, portait sur l'évolution de la condition féminine. Elle pointait de sa règle une pauvre blonde transportée de joie par la vue du fer à repasser électrique qui allait métamorphoser sa vie. La jeune doctorante – fort sympathique – était un poil moqueuse et si persuasive sur le fond que je crus reconnaître dans la publicité qu'un rétroprojecteur restituait sur grand écran quelque pithécanthrope femelle échappé de mon enfance. La salle souriait en observant ce spécimen disparu. Et pourtant la vue de cette blonde ancêtre me glaça. La pauvre oie blanche existait hier encore. C'était moi. Je m'étais reconnue. Je me souvins du plaisir que j'eus à posséder ma première machine à laver tout plastique qui brassait plus qu'elle ne nettoyait des draps que j'avais toujours frottés à la main, arc-boutée au-dessus de la baignoire. Tout avait changé. Les grands combats n'existaient plus. Il fallait que je me rende à l'évidence. Et puis ces jeunes universitaires étaient étonnantes, non ? Quelle assurance ! Quel professionnalisme ! En quarante ans, les femmes avaient fait un formidable bond en avant. Oui, il fallait impérativement que je me rende à l'évidence, et que j'admette enfin que tout ce que nous avions souhaité était désormais acquis… Acquis ? Vraiment acquis ?… Voyez-vous, ce joli mensonge, nous l'avalons volontiers dans les périodes de grande vulnérabilité, qu'elle soit personnelle ou sociale. Vulnérabilité des jeunes femmes qui n'ont pas toutes les cartes en main et croient réinventer l'amour toujours comme je le crus, et reviennent en masse à des modèles début de siècle. Chaque génération se pose en s'opposant, c'est vrai. Mais en matière de libération, nous ne pouvons nous accorder ce luxe meurtrier de repartir en arrière en rêvant d'une vie meilleure devant un four à chaleur tournante. Autant creuser notre tombe.

La crise et la montée du chômage ont balayé un peu trop rapidement les questions dérangeantes que posait le féminisme. Les discours dominants sont des chausse-trappes. Ils camouflent, étouffent, évacuent les ambiguïtés. Un vernis de pensée nous fait affirmer que les femmes ont maintenant les mêmes chances que les hommes. Faux. Affirmer que l'égalité des sexes est un combat d'arrière-garde, c'est endormir les consciences et désamorcer la bombe du féminisme prête à exploser à tout instant. Que vous l'appeliez féminisme ou par n'importe quel autre nom si le mot de féminisme vous effraie, peu importe, le résultat est le même : rien de plus dangereux qu'une femme qui s'éveille. Le prolétariat et la lutte des classes auraient disparu de nos sociétés néolibérales, disent certains. J'en doute encore. Tant qu'il y aura des femmes, le prolétariat continuera d'exister et le mot de Engels restera plus que jamais d'actualité : « dans la famille, l'homme est le bourgeois et la femme, le prolétaire ».

Allons-nous continuer longtemps à avaler *l'imposture* qui consiste à nous faire croire que nous avons les mêmes chances qu'un homme dans le travail, dans la vie politique, dans la création ? J'ai repris mot pour mot la question que Gisèle Halimi posait déjà en 1973 dans *La Cause des femmes*. La création, parlons-en. La littérature, les arts plastiques, le théâtre, le cinéma. Personne n'aura le front de m'affirmer que dans le monde artistique, les femmes sont autant valorisées que les hommes. Que dire de l'univers de la pensée ? Faites le test : quand une émission fait appel à des spécialistes, le plateau télé ou radio sera masculin. Quand vous vous rendez dans une conférence, plus le sujet sera pointu, plus la proportion d'invités mâles sera écrasante. L'avez-vous remarqué ? Le faites-vous remarquer, vous passez pour une hystérique. On vous traite alors de féministe : la pire des insultes ! Les femmes sont cantonnées au divertissement. C'est bien ce qu'on nous demande : qu'on soit geisha, violoniste ou journaliste expérimentée, nous ne sommes là que pour amuser, pas pour lasser. À force de voir de tels schémas se répéter, nous pensons qu'ils sont *normaux*. Faux. Rien n'est plus anormal que de voir et d'entendre des hommes – et uniquement des hommes – débattre de grandes idées. Les intellectuelles existent, bien sûr qu'elles existent, en France et en Australie, comme ailleurs. Partout dans le monde elles écrivent, pensent et publient, mais la force de résistance des sociétés machistes à cette évolution est féroce. Partout des femmes ont fait leurs preuves, dans tous les domaines, mais elles sont sous-représentées dans les débats. Il n'est pas question d'accorder un traitement de faveur aux femmes en leur simplifiant la vie parce qu'elles sont nées femmes, mais réussir dans le monde de la pensée est si difficile – il faut se battre beaucoup plus qu'un homme pour s'y faire une place et la médiocrité a valeur de condamnation à mort – que l'on espérerait que ce surcroît de travail que les femmes ont dû fournir pour parvenir là où elles sont, soit au moins considéré et respecté. Les cloisonnements sont aussi infranchissables qu'entre l'élite et les sans-nom. Cumuler deux handicaps : être femme et n'appartenir à aucune aristocratie intellectuelle, vous exclut systématiquement du cercle des *happy few*.

Tout ça, je l'ai compris lentement, l'âge m'y a aidé, parce que les habitudes, les conditionnements, les vieux réflexes, qui en a conscience le matin en se brossant les dents ? Qui a eu la chance d'avoir été mise en garde assez tôt ? Qui a la vigilance de résister aux images, aux messages, aux poncifs, aux publicités, à ce poison qu'on nous instille jour après jour ?

Les acquis obtenus par les femmes ne sont pas gravés dans le marbre. Les avancées reposent sur des lois qui se font et se défont, se votent et s'amendent. Les femmes sont encore trop peu nombreuses en politique pour défendre équitablement leurs intérêts. La loi sur la parité est loin d'être respectée. C'est en France, au Japon et aux États-Unis qu'on trouve les pires situations. Voulons-nous continuer à rester sur la touche ? Voulons-nous qu'à travail égal, le salaire d'une femme soit encore tronçonné d'un tiers par rapport à celui de son collègue masculin ? « À travail égal, salaire égal ». La loi fut votée en 1972. Elle n'est toujours pas appliquée. Passons donc sur la question du salaire qui n'est rien moins qu'un scandaleux abus de pouvoir. Considérons que la double journée de travail d'une femme (quand elle n'est pas triple) lamine sa santé, ses ambitions et ses rêves. Les femmes fortes elles-mêmes s'y laissent piéger. Ma mère s'y fit piéger. Du temps des grandes tablées au château, c'était Versailles. Elle sonnait la cuisinière. On la servait. Elle trouvait ça chouette. Quand il ne resta plus rien du faste ancien, la domestique, ce fut elle. Le supermarché après le boulot cahin-caha sur ses vieilles jambes et corvée cuisine chaque soir. Mon père n'aurait pas su faire cuire un œuf à la coque, sa vie en eût-elle dépendu.

Voulons-nous que les chiffres de la violence domestique continuent de se maintenir dans leurs scandaleuses proportions ? Croire que cette situation se limite aux banlieues et aux milieux défavorisés, c'est chanter l'hypocrite credo bien-pensant qui voudrait que pauvreté soit mère de tous les vices. Erreur. La violence faite aux femmes touche toutes les catégories de la population et toutes les couches sociales. Les statistiques ne reflètent pas la réalité, car les abus mineurs ne sont pas dénoncés. Les femmes hésitent à porter plainte. Par peur. Par honte. Les femmes fortes elles-mêmes s'y laissent piéger. Ma mère s'y fit piéger. Quand mon père n'en pouvait plus d'être la cinquième roue du carrosse, il se lâchait. Ou se lâchait-il simplement parce qu'il était l'homme et que les hommes haussent le ton et lèvent la main depuis que le monde est monde, non ? Plus d'une fois il mit en pièces ce qui se trouvait à sa portée. Il s'en prenait aussi à sa femme. Elle n'eut jamais le cran que sa mère avait eu avant elle. Elle ne lui fit jamais monter les marches du tribunal. La gêne d'être prise en flagrant délit de contradiction l'en empêcha sans doute.

Mais les pires des injustices n'apparaîtront jamais sous forme de chiffres. Comment mettre en mots ou en statistiques la violence psychologique qu'exercent les maris sur leurs femmes et les pères sur leurs filles ? Il faut avoir été humiliée au quotidien de manière sadique et systématique pour le savoir. Il faut avoir perdu toute confiance en soi jusqu'à douter de ses aptitudes intellectuelles pour le comprendre.

Comment nier que le plafond de verre existe ? Plus l'on monte dans la hiérarchie, moins l'on trouve de femmes : en politique, dans les entreprises, dans les universités, dans la haute administration. Le monde de la littérature n'y échappe pas, bien au contraire. Un monde faussement tolérant et profondément misogyne. Faut-il préciser que cela n'a rien à voir avec les compétences des femmes, mais avec les fonctionnements de sociétés traditionnellement machistes ? Voulons-nous continuer à former une main-d'œuvre sous qualifiée et sous-payée ? Les femmes vont-elles être longtemps cantonnées dans des emplois subalternes ? Voulons-nous continuer d'exercer un travail dévalorisé donc dévalorisant ? Voulons-nous encore nous sacrifier sur l'autel de leur réussite et de leur bien-être en portant les enfants que le Ciel nous envoie, alléluia ? Les femmes seront-elles toujours celles qui abandonnent leurs études parce qu'il y a un enfant en route, celles qui démissionnent pour des questions de tranche d'imposition, celles qui prennent un mi-temps parce que monsieur a de gros dossiers, celles qui s'épanouissent dans la noble tâche de torcher les mômes, avant de torcher les parents, les beaux-parents et les petits-enfants ? Les femmes apportent un salaire oui, mais d'appoint. Parce que la femme apporte toujours l'appoint, la mitraille, l'argent de poche. L'argent des fringues et des vacances. Jamais l'argent du fricot.

Nous sommes gardiennes du foyer, paraît-il. Voici une idée qui revient en force. C'est donc au foyer que nous appartenons. Il est vrai que certains retourneraient au Moyen Âge sans sourciller. Le pire des voiles, c'est celui qui plombe les mentalités, celui du repli égoïste qui fait dire : chez moi, tout va bien, alors le monde va bien. Celui des discours faussement libertaires qui nous gardent au frais entre nos quatre murs pour nous faire croire que c'est là qu'est notre place puisque c'est là qu'est le bonheur. La presse féminine se charge de prêcher la bonne parole. On y rebrasse de vieilles valeurs en les relookant cuir. Le ver est dans le fruit. Ne pas respecter nos héritages, ne pas comprendre que nous marchons dans les pas de celles qui nous précédèrent, ne pas rendre hommage à leur courage, c'est repartir en arrière. Combien de femmes, enfermées entre leurs quatre murs face à un mari violent ou un brin trop autoritaire, se disent : moi, seule, j'y arriverai. Moi, seule, je le changerai. L'amour fait des miracles. C'est une erreur. Quand on doit refaire le parcours seule, il faut cinquante ans d'une vie pour oser mettre un pied devant l'autre. Il nous a été donné un capital humain, féminin, féministe. Le capital, c'est celui que vous laissent vos parents en espèces sonnantes et trébuchantes. Un capital, ça gagne du temps, beaucoup de temps. Parfois une vie. Celui qui a eu la chance de grandir dans un milieu intellectuellement favorisé aura vite acquis les clefs et les codes. Il comprendra tout avec deux longueurs d'avance. Il aura découvert Saint-Simon et Tocqueville dans la bibliothèque familiale. Il se lancera dans des études supérieures et abordera des domaines réservés. Rien en lui ne sera timide. Tout sera élan. En art il sera plus audacieux : je pense à Zao Wou-Ki. Il s'autorisera tout, jusqu'aux révolutions. Je pense à Marx et Lénine. Il rêvera la démocratie comme Thomas Jefferson le fit. Il résistera jusqu'au don de soi comme Gandhi. Aucun de ces hommes illustres n'était issu du peuple. Je dirai qu'il en va de même en matière de capital féminin. Julia Kristeva, Françoise Giroud, Françoise Dolto, Élisabeth Roudinesco sont des femmes exceptionnelles, or elles sont également les dignes filles de mères cultivées qui furent pionnières. L'origine de nos femmes parlementaires est parlante elle aussi. Structurées par leurs pères, soutenues par leurs mères, encouragées par leur entourage, elles ont développé ambition et curiosité intellectuelle. Car l'audace se thésaurise. Elle nous vient de nos mères, de nos grands-mères, de toutes les femmes que nous avons côtoyées, entendues, respectées, admirées. Elles ont accumulé génération après génération un peu plus d'intrépidité, de goût de la liberté, de volonté de dire non. C'est un héritage fragile sur lequel chacune d'entre nous rebondit. Il ne se transmet pas seulement de mère en fille. Il se transmet aussi de femme à femme, d'amie à amie, des plus jeunes à leurs aînées, des aînées aux plus jeunes, il dépasse les barrières mauvaises de l'entre-soi où l'on garde son capital entre soi. Il est de l'ordre de la richesse humaine. Il écrase les barrières sociales. Il transcende les frontières culturelles. Il est de l'ordre d'un savoir essentiel qu'on devrait trouver gravé dans le marbre des monuments, aussi précieux que les fondements des démocraties. Que les femmes se perdent en querelles, qu'elles se jalousent, qu'elles se crêpent le chignon, voilà qui sert le système patriarcal et continuera de le servir. Que les femmes continuent d'y arriver par un moyen traditionnellement reconnu pour son efficacité : le statut de celui qu'elles épousent, voilà qui sert une société aux vues arriérées et continuera de la servir. Le mariage endogamique est un vieux rêve qui n'a pas évolué d'un pouce. Pour appeler un chat un chat, il faut harponner le prince charmant, son pognon au passage et son prestige quand on peut, ça ne mange pas de pain. La revanche sociale va de pair avec la promotion du ventre. Que les femmes haïssent la femme libre en elles quand elles la reconnaissent chez l'autre, comme les hommes haïssent l'homme libre et adulte quand ils le croisent; que les femmes haïssent cette femme nouvelle-née qui pousse pour voir le jour, mais que personne ne veut mettre au monde car tant de résistances les en empêchent, voilà qui sert une société misogyne et continuera de la servir.

Les mères qui crèvent d'ambition pour leur fils, rêvent encore pour leur fille d'un beau mariage en blanc. Un beau parti s'entend. Voudront-elles que leurs filles continuent de se cantonner dans des métiers traditionnellement féminins ? Leur arrivera-t-il de vouloir un jour des postes ambitieux pour leurs chéries? Si elles l'avaient souhaité, nous aurions peut-être plus de femmes en politique à cette heure. Et la liste des Prix Nobel (et des prix de tout poil) ne serait pas si pitoyable. Que dire du goût du risque ? Que dire du goût du combat ? Est-il donc uniquement réservé aux hommes ? Pourquoi ne pas affirmer haut et fort que l'ambition et la volonté de se dépasser sont mille fois plus excitantes que tous les ennuyeux mariages d'intérêt et qu'elles procurent l'irremplaçable satisfaction de vivre pleinement sa vie en la gagnant, car l'existence ne donne tout son jus et plus encore que lorsqu'on la vit intensément. C'est dans ce sens que j'entends l'expression : gagner sa vie, comme on gagne un pari. Tirer un profit d'un travail, mais aussi remporter cette victoire d'être venue sur terre pour se battre afin de trouver sa place en ce bas monde et s'y faire respecter.

Ce n'est plus la guerre que nous voulons. Qui voudrait reprendre la place du bourgeois en reléguant les hommes au rang de prolétaires, condamnant les autres femmes, celles qui n'ont jamais eu le choix, à devenir le sous-prolétariat d'une société divisée qui ne compterait que des puissants d'un côté, indifféremment hommes et femmes, et des exploités de l'autre ? Françoise Parturier parlait déjà de « l'homme-outil » en 1974. Celui dont la femme se sert pour arriver à ses fins, tout comme l'homme s'est servi de la femme depuis que le monde est monde. Il ne s'agit pas d'inverser les rapports de force pour devenir des colons qui feraient des hommes les nouveaux colonisés. Ce n'est pas dans ces rapports d'utilisation, d'exploitation, d'asservissement et de profit que nous voulons nous situer. Qui voudrait être une femme que l'on craint et qui n'a rien d'aimable ? Une femme que l'on admire, mais que les hommes fuient. Une femme qui sait ce qu'elle veut, mais qui rentre toujours seule chez elle le soir. Une femme d'ambition, effrayante walkyrie qui brûle tout sur son passage comme ma mère avait si bien su le faire. Il est temps de repenser la définition du couple. Égalité est un mot obsolète. Il faudrait parler « d'interchangeabilité » pour reprendre le mot de Gisèle Halimi. La révolution des femmes ne sera accomplie que lorsque les fonctions dans le travail et dans la vie, les neuf mois de grossesse et l'allaitement mis à part, seront exercées aussi bien par les hommes que par les femmes. Il n'y a ni dominant ni dominé. Il s'agit de concevoir une nouvelle relation fondée sur l'équilibre, le soutien mutuel, l'attention à l'autre dans sa différence humaine et sexuelle, le respect de son temps et de ses priorités puisque le temps libéré, c'est du temps pour se construire et réaliser ses rêves, reprendre des études ou accepter une promotion, loin de l'aliénation d'une vie subie qui vous file entre les doigts. Du temps libéré des tâches abrutissantes qu'un partenaire aimant prendra en charge à votre place. Vivre en couple ne signifie pas que l'un doive se sacrifier pour le bonheur – ou pour la réussite – de l'autre. Celui ou celle qui se sacrifie est floué. Combien d'épouses trop confiantes se sont ainsi retrouvées sur le carreau après avoir été abandonnées pour une jeunesse, pour n'avoir pas compris à temps qu'elles étaient victimes d'un jeu de dupes. Combien d'hommes trop confiants se retrouveront à leur tour plumés jusqu'au dernier dollar, si la guerre des sexes – comme elle existe dans certains États d'Australie ou aux États-Unis – ne prend pas un tour plus réfléchi ? Beaucoup d'hommes hésitent à vivre en couple de crainte de se faire tondre par des femmes jeunes, belles et redoutables qui ont trop bien compris les nouvelles règles du jeu. Les seuls qui n'y perdent pas dans l'histoire sont les avocats qui s'engraissent de ces conflits. Réinventer nos rapports amoureux est un défi, certes. Quand je regarde cet avenir tellement stimulant, je sais que nous n'avons rien à envier au passé.

Or le combat ne s'accomplit pas seulement dans les rues, dans les manifestations, grâce aux femmes qui luttent sur la scène politique, plus courageuses, plus audacieuses, plus engagées, grâce à celles qui prennent la parole et font grandir les consciences, il se fait au sein du foyer, dans l'évolution des mentalités, dans le changement des comportements, dans l'éducation des fils, dans la mise en garde des filles, dans une information complète sur la contraception, dans la non-acceptation de la violence domestique, dans la remise en cause de ce qui nous semble *normal*, couler de source, être de l'ordre du *destin* des femmes. Il n'y a de destin que celui qu'on se choisit. En se poursuivant, la réflexion doit s'ouvrir sur de nouvelles idées assez audacieuses pour briser le moule. Elle doit imaginer de nouvelles combinaisons amoureuses. Les changements se réalisent au quotidien. La révolution ne se fait pas de l'extérieur, c'est de l'intérieur, « d'en bas, du dedans », qu'elle se fait, pour reprendre l'expression de Lu Leone. Car l'autre femme en soi ne peut naître qu'au prix d'une réelle lucidité. Elle n'est ni infantilisée par un père, ni assistée par un mari ou par un riche amant. Elle n'est ni fillette ni poule de luxe. Elle doit marcher tête haute. La nouvelle-née, la femme de demain, est une femme adulte qui non seulement aura acquis son autonomie par elle-même grâce aux fruits de son travail, mais sera une femme assez sage en outre pour savoir déposer les armes dans un conflit stérile contre les hommes qui mène droit dans le mur.

21

J'appartiens à une génération oubliée. Oubliée, perdue ou sacrifiée. Allez savoir ? Trop jeunes pour avoir vécu le magnifique enthousiasme de 1968 et avoir eu la chance d'être engagées dans la lutte politique et féministe qui nous aurait ouvert les yeux, nous frisons les cinquante ans déjà balayées par des jeunesses prêtes à nous passer sur le corps. Ma mère pensait ainsi et m'a haïe pour ça. Nous avons durement mené nos vies et conquis notre indépendance, nous avons divorcé, nous n'avons jamais retrouvé de vie confortable dans un remariage de raison qui nous aurait assuré la sécurité matérielle et le statut social, les hommes de notre génération nous préfèrent d'ailleurs nos filles qu'ils trouvent plus sexy, plus baisables, moins difficiles, plus malléables, en un mot, plus jeunes, choix qui ne les dispense pas, cela dit en passant, du ridicule d'Arnolphe soupirant après Agnès. Les plus en vue de ces seniors ont quant à eux largué l'épouse vénérable et les enfants qu'elle avait eu la patience d'élever, pour un modèle junior, mais pas trop, ridicule oblige, l'idéal se situant autour d'une petite quarantaine qui fera bel effet dans les cocktails. J'ai vu des messieurs très bien et très sérieux, y compris de grands intellectuels, tomber dans ce panneau-là. Eh non, nos sourires ne font plus bander les taxis, il fallait bien que ce jour-là arrive lui aussi… Tant pis pour les taxis. Ils ne savent pas ce qu'ils perdent. Les hommes nous le disent. Leurs livres l'affirment. De beaux seins et de belles hanches les font bander. Que la jeune femme soit intelligente ne lui enlève rien. Cela ne lui ajoute rien non plus malheureusement. Le rayonnement de l'intelligence ne fait pas bander les hommes. Une femme mûre n'est donc pas grand-chose à leurs yeux. Qu'elle soit caissière de supermarché ou présidente de société importe peu, puisqu'elle n'est plus bandante. Elle devra vieillir en sa propre compagnie. Si elle a un partenaire, elle devra tout faire pour le garder. À cinquante ans passés nous sommes, à en croire la rumeur, des pouffiasses, des grognasses, des mégères, des rombières, des bonnes femmes. Si nous avons le malheur de vouloir raisonner, voilà qu'on nous taxe d'emmerdeuses, de mal baisées, de viragos, de bas-bleus, de mochetés, d'hystériques ou de lesbiennes. Mieux vaut se la jouer bonne fille et faire le gros dos, alors on se la joue bravasse sinon c'est le bâton, l'insulte, la raillerie vacharde, la blague machiste. Les journaux déterrent quand ça leur chante quelques magnifiques figures de proue, si rares sur les écrans. Grand reporter de guerre. Anthropologue et professeur au Collège de France. Une minute de gloire puis elles retourneront à l'ombre d'où elles ont mis plus d'un demi-siècle à sortir. Les médias leurs préfèrent quelques sylphides à la peau rose et au poitrail accrocheur. La femme est plus que jamais redevenue un objet sexuel de grande consommation. Elle s'étale à nouveau dans les publicités et dans la rue dans des tenues où elle risque le coup de froid. L'âge mûr se porte désormais comme une tare, une maladie honteuse, un handicap. Interdiction de vieillir. Faites chauffer la colle. La tyrannie est telle que pas une actrice, pas une journaliste, pas une chanteuse n'ose désormais se présenter sans s'être fait retirer le portrait ou regonfler les airbags. De crainte d'une concurrence plus jeune ? Ou de crainte d'avouer qu'elle aussi appartient à une génération oubliée, perdue, sacrifiée, mais qu'il est trop tôt, arrêtez ! Trop tôt pour être mise au rebut… Elles existent encore. Elles veulent exister. Elles ont raison, mille fois raison de vouloir être entendues, mais les femmes ont-elles donc si peu confiance en elles ? Ont-elles si parfaitement intériorisé le discours qui leur a répété toute une vie qu'elles ne sont pas assez bonnes pour entreprendre quoi que ce soit puisqu'elles sont nées filles ? Vont-elles encore longtemps se plier aux diktats d'une idéologie qui les souhaite pulpeuses, roses et rebondies, en un mot jeunes quand elles ne le sont plus ? Qu'est devenu le travail de nos aînées qui jetaient leurs soutifs aux orties et hurlaient à l'escroquerie de la femme-objet ? Est-il trop tard désormais ? Nos combats sont des vieilles lunes, du démodé, de l'obsolète, puisque combat il n'y a plus. Qui a parlé de féminisme ? Un mot qui fait frémir. La pilule du lendemain est désormais délivrée sans ordonnance.

La liberté des jeunes femmes est acquise sans effort. Or la liberté est un état, ce n'est pas un droit. Pour qu'elle devienne droit, il lui faut des lois. Nos filles nous poussent qui nous jetteraient volontiers avec l'eau du bain. Oui, ma mère pensait ainsi et m'a haïe pour ça. Il n'empêche que c'est dans le sens de la liberté et de l'indépendance qu'elle est toujours allée. Ma mère avait trente-quatre ans lorsqu'elle m'a mise au monde. J'ai donc à deux ans près l'âge que ma mère avait quand je me suis enfuie à dix-huit ans. Elle n'était pour moi qu'une femme sur le retour d'âge. Je ne la voyais pas. Peut-être faudra-t-il cinquante ans aux gazelles pour considérer sous leurs pieds ces femmes sur les corps desquelles leur liberté fut conquise et qui leur ouvrirent le chemin. Combien de maternités leur faudra-t-il endurer pour ne plus envisager la fonction de mère comme le plus beau métier du monde ?

Œdipe eut bien de la chance d'être né garçon. Son complexe en fut simplifié. En gros il s'agit de remplacer un mâle alpha par un autre. Et pour ce faire il faut mettre le vieux au rancard. Facile. On élimine l'ancêtre et on lui pique sa nana. C'est un bon vieux réflexe et le seul qu'on ait trouvé jusqu'à présent pour reproduire l'espèce. Le combat que nous avons mené contre nos mères, et celui que nos filles mènent à leur tour contre nous, se complique d'une autre dimension. La sexualité est une chose. Une génération cède sa place à la suivante avec plus ou moins de bonne volonté. Une femme vieillit, bascule et en avant la relève. Bon. Personne n'a vraiment envie de basculer, mais on est bien obligées de s'y faire. Oui, contrairement à Œdipe le simplet, le conflit des générations s'est compliqué chez les femmes du mot liberté. Pour certaines d'entre nous, nos mères furent mères, cantonnées à la fonction que la société leur avait traditionnellement assignée. Pour beaucoup d'autres, elles furent mères et femmes. D'abord femmes avant d'être mères. D'abord mères avant d'être femmes. Peu importe. Si la femelle alpha accepte de céder sa place à la génération montante, il n'est pas dit que la femme libre en elle le veuille au même titre. Si la femelle alpha a des rides et moins d'énergie qu'à vingt ans, la femme libre en elle est toujours jeune et vibrante d'une liberté très récemment conquise à laquelle elle a à peine commencé de goûter. Les mamies du XXIe siècle ont délaissé leurs confitures pour aller s'éclater au Népal. Ce trekking dont tout le monde parle, il fallait bien qu'elles s'y essaient tout de même. D'ailleurs depuis qu'elles ont enterré papi, c'est fou ce qu'elles s'éclatent. Oui, notre liberté ne date que d'hier. D'où ces rapports de force d'un type nouveau qu'ignoraient nos grands-mères, car au conflit des générations s'est ajouté un conflit de statut. Moi aussi, j'existe, disent-elles, et il est bien temps de rattraper le temps perdu.

22

Ce doit être ça vieillir : sentir nos mères courir dans nos veines et rendre hommage à celles qui nous ont portées. Ne pas les oublier. Vanter leur force et leur beauté. Dire qu'elles ont souffert pour nous, faire résonner les coups qu'elles ont encaissés, répéter que rien n'est jamais acquis, surtout la liberté, et qu'il faut être sur le qui-vive. Jamais dans le rang. On y crève dans le rang. Dire qui furent les femmes d'hier. Simone et ses sœurs. Françoise, Gisèle, Benoîte, Christiane et toutes les autres. Tous les vingt ans faire le point sur ce que nous sommes devenues et constater que l'histoire piétine, souvent recule, que ce texte écrit après-guerre est encore d'actualité. 1948 : l'âge du *Deuxième Sexe*.

En Australie, les femmes luttent comme ailleurs. Elles montrent les dents. Un peu trop peut-être aux dires de certains. Alors les hommes en importent d'autres, plus sages et plus tranquilles, plus serviles et plus douces. On dit qu'elles sont heureuses dans la *lucky country*. On dit qu'elles ont la vie belle. On les appelle *imported brides*.

Des épouses d'importation. Ce sont de gentilles filles qui viennent du Sud-Est asiatique. Elles font le ménage. Ce sont d'excellentes cuisinières. Elles n'exigent rien. Elles sont dures à la tâche. Leur silence est divin. Je les croisais au supermarché. Elles marchaient dans le sillage d'un homme qui choisissait pour elles du *Vegemite* ou des *baked beans*. Elles regardaient le *Vegemite*, retournaient le pot et leurs grands yeux tristes semblaient dire : voilà donc ce que sera ma vie.

23

Le poison diffusé par les écrans télé s'infiltre dans les têtes. Les images nous enchaînent en nous rongeant cette partie du cerveau qu'on nommait pensée autrefois. Nous disons c'était avant la révolution quand il y avait des aristos. Nous disons c'était avant 1968 quand il y avait des bourgeois. Nous disons c'était avant 1956 quand la pilule n'existait pas et que les femmes s'allongeaient sur des tables et qu'elles y mouraient parfois. La lutte des classes n'a plus de sens. On ne parle plus de classe, paraît-il. On parle juste de haut et de bas. Moi, je continue de voir des riches et des pauvres. Des riches arrogants et des pauvres honteux. Car mieux vaut taire sa misère. C'est devenu comme une maladie. On me dit que je date. Nous finirons la nuit sur une *chat room* à parler à l'Homme, le vrai, un type incroyable qui a juré de nous rendre heureuse. Il nous aime chaque soir d'un amour virtuel. Une passion qui a multiplié par dix la note de téléphone. Qu'importe. Quand on aime, on ne compte pas. C'est notre petite infidélité à domicile, dans le dos de l'autre. Ceux qui tirent les ficelles de nos vies ne sont pas plus libres que nous ne le sommes, faut pas croire. Ils ont du temps, mais ne savent pas comment le gaspiller. Ils courent dans tous les sens. Ils s'ennuient aussi. Alors ils inventent le mal. La littérature, la poésie, la peinture, l'art et la beauté ne veulent rien dire pour eux. Ils n'en ont jamais connu le sens. Ils sont nés après. Ils sont nés bien après le siècle des aristos. Ils sont venus au monde après 1968 ou peut-être ne savent-ils pas que 1968 a existé. La littérature, c'était avant quand des vers de la *Divine Comédie* appris autrefois aidaient Primo Levi et ses camarades d'Auschwitz à tenir et survivre. La littérature, c'était avant, quand un texte de Simone de Beauvoir aidait les femmes à comprendre qu'on ne naît pas femme, mais qu'on le devient. Non, on ne naît pas femme. Mais un jour, on comprend qu'on est une femme quand ce poste prestigieux, ce fauteuil honorable, ce titre glorieux, cette promotion rêvée pour laquelle nous avions travaillé d'arrache-pied toute une vie nous est refusé sur la simple raison que nous appartenons au deuxième sexe. Non, on ne naît pas dans la pleine conscience de ces injustices. On les subit. À vingt ans, je n'en savais rien. À vingt ans, mes illusions étaient intactes. Mais en constatant combien le travail des femmes est méprisé, sous-représenté, en constatant combien les femmes sont moquées, dévalorisées, en voyant combien en l'espace de quarante ans les choses ont peu changé, la rage me gagne. Lorsqu'une femme représente une concurrence avec laquelle il faut compter, elle se fait éliminer sans merci. Qu'elle reste dans sa cuisine, qu'elle soit secrétaire, qu'elle exerce des fonctions subalternes, qu'elle soit mère et on l'aimera d'amour, on la chantera, on la respectera, on lui tressera des lauriers ; mais qu'elle reste à sa place, pour l'amour de Dieu ! Si elle monte sur le ring, on s'empressera de l'évincer au premier round. Tous les coups bas seront permis. Ce n'est pas un adversaire qu'elle affrontera en combat loyal, mais dix. Alors quand on ouvre les yeux, on veut hurler à l'injustice.

24

Ce doit être ça vieillir : témoigner d'une lutte qui s'enlise et s'épuise. Se faire passeuse et mettre en garde les forces vives. Espérer qu'elles entendront.

Au pays de l'oncle Sam, les femmes auront tous les enfants que le Ciel fera pleuvoir en leur sein. Et qu'elles s'estiment heureuses ! C'est une bénédiction. Les entrailles de la femme sont sacrées. Alléluia. En Australie le débat sur l'avortement fait à nouveau rage. Le droit a été remis en question. Si le Nouveau Monde ne veut plus penser, est-ce que le Vieux Monde le désire toujours autant ? Trop de journaux dans les rues, trop d'opinions qui s'expriment, un trop-plein de joujoux pour civilisations gâtées, un trop-plein qui aveugle, enlise, émousse et endort les vigilances. Et pourtant ce qu'on croyait acquis ne l'est jamais. Ils sont fragiles, les droits des femmes. Les politicards grignotent dans l'ombre. La démocratie, bientôt, ils la joueront au poker entre deux verres. Et les femmes, ils tenteront de les bâillonner. Ils les renverront chez elles. Pas besoin d'avoir recours à la violence.

Quelques slogans bien sentis qu'on vous injectera en dosettes quotidiennes (la télévision et les journaux s'en chargent brillamment) et l'affaire sera dans le sac. On vantera les valeurs du foyer, le bonheur d'enfanter, l'intérêt fiscal du petit troisième, les bienfaits de l'allaitement maternel, la jouissance de cuisiner, le bon équilibre de la famille, les gamins, ça doit pas traîner à la rue, maman doit veiller à la maison, les joies de la préretraite, le travail à temps partiel, la terreur de vieillir, l'importance d'être un objet de séduction, l'intérêt de mincir en été pour entrer dans son minimaillot avant de maigrir en automne pour perdre les kilos de l'été. Et le tour est joué. Le doute s'installe. Renvoyer une femme à ses fourneaux, c'est la désarmer. Car une femme qui n'a plus droit au travail n'a plus aucune arme pour se battre. La femme instrumentalisée reprendra son rôle : enfanter. Qui fabriquera de bons soldats sinon ? Qui fabriquera les futurs consommateurs sinon ? Tenez, voici une phrase du sénateur Roseleip, USA, qui vaut son pesant d'or : « La contraception est un complot antimilitariste. Les soldats se recrutent en effet dans les classes laborieuses. Si l'on donne des contraceptifs aux pauvres, où allons-nous trouver les hommes qui se battront au cours de la prochaine guerre ? » Voyons… le ton de la sentence pourrait dater de la guerre d'Indépendance – si tant est que la contraception ait été inventée à cette époque. Elle date en vérité de juin 1973. Un certain puritanisme à relent pétainiste qui refleurit de nos jours en France ne rougirait pas de tenir de tels propos. Alors il faut dire et redire. Ne jamais se lasser. Parce qu'on oublie. Tout le monde oublie. Les informations se succèdent vite. On nous aide à oublier. La grande fosse de l'oubli. Alors il faut rappeler nos héritages puisque pour beaucoup, hier, c'est déjà demain.

25

Écoutez !

Ceux qui tirent les ficelles nous ont pris en grippe. Peut-être qu'en y mettant plus de cœur ils parviendront à nous liquider. Ils n'aiment pas le bruit que nous continuons à faire, parce qu'il y a en a qui remuent encore là-dedans. Ils sont furieux, ceux qui tirent les ficelles, parce que nous n'avons pas dit notre dernier mot. Nous pullulons, nous crachons, nous jurons, nous nous grattons la croupe. Le sang du bon peuple bouillonne encore en nous. L'esprit de révolte gronde. Écoutez ! Les femmes marchent sur Versailles. Elles se sont soulevées comme au bon vieux temps des pioches et des pelles.

Écoutez !

J'avais vingt ans et j'ai avorté. J'ai avorté d'un enfant qui aurait entravé la marche de ma vie si je l'avais laissé vivre. Le jour où je suis sortie de la clinique, j'étais heureuse, heureuse et soulagée. À aucun moment, je ne me suis sentie coupable. Moi et Marco, on n'était pas l'idéal du couple accompli qui marche main dans la main, dialogue et s'épaule. J'aurais aimé avoir un partenaire qui encourage mes rêves et m'aide à les réaliser, mais la vie en avait décidé autrement. À vingt ans, j'aurais voulu me lancer corps et âme dans l'écriture, monter à Paris. Qu'il aurait été bon de réfléchir des jours entiers devant ma machine, d'avoir des humeurs, de ne plus me coiffer, de ne plus me laver, de ne plus parler, de ne plus avoir la tête à la bagatelle ! Je me serais même levée la nuit pour prendre des notes pendant que lui, l'homme idéal, ou tout simplement normal, se serait rué au supermarché, aurait repassé le linge, rempli le frigo, se serait activé aux fourneaux, aurait passé l'aspirateur, aurait administré la paperasserie et réglé les factures en temps et heure et pris en charge les mouflets, si mouflets il y avait eu. Je n'avais pas eu cette chance, mais même si je m'étais bricolé un avenir de bouts de ficelle, j'avais échappé au couperet du destin. Je n'avais pas beaucoup de cartes en main, mais j'avais la chance d'avoir celle-ci : dire non à la fatalité des entrailles. Mon avenir m'appartenait, il n'appartenait pas à un embryon de chair qui aurait décidé de mon sort à ma place.

Je suis moi-même le fruit non désiré d'un mariage raté. Je suis la fille qui ne valait pas ses frères. Ma mère était femme avant d'être mère. La maternité, elle n'avait qu'une vague idée de ce que c'était. Elle fit les choses tant bien que mal et plutôt mal que bien. Elle haïssait tout ce qui lui ferait obstacle. Y compris un mari. Y compris une famille. Elle se vit prise au piège d'un quatrième enfant qui lui tombait des nues au pire moment. J'ai survécu car l'écriture m'a sauvée. L'effort de survivre pour me prouver que j'en valais la peine m'a demandé tant d'énergie et m'a fait perdre tant d'années qu'il me fait affirmer qu'il ne faut jamais imposer la vie si l'on doit lui surimposer la mort. Voilà pourquoi il y a tant de droits fondamentaux que nous devons respecter et pour lesquels nous devons continuer à nous battre. La contraception m'a permis de mener ma vie comme je l'entendais. Et jamais le désir d'enfant n'a remis en cause mes choix. J'ai très bien conçu ma vie *sans* voir grandir la chair de ma chair. Si j'avais obéi à mon *destin* je n'aurais jamais pu terminer mes études, je n'aurais jamais pu consacrer tant d'heures à mon métier d'écrivain, je n'aurais jamais pu consacrer tant de passion à l'étude. Je n'aurais jamais tant adoré être une intellectuelle et n'aspirer à rien d'autre tellement la vie de l'esprit me comble et me ravit.

Et même si je ne crois plus aux histoires, même si j'entends le générique de *Home and Away* dans la maison voisine, même si l'on me regarde de travers quand je dis que je suis écrivain, même si mes démons me hurlent l'impuissance de ma tâche, j'écris pour rendre ce qu'on m'a prêté, loin de la pression du nombre, loin de la loi de tous qui nous tire comme un fleuve de boue, loin de la tyrannie de la majorité qui hurle et dicte ses choix, loin de la voix de la rue qui nous fait jeter des pierres avec les jeteurs de pierre et applaudir avec les snobs. Que les écrivains qui courent dans mes veines continuent de me traverser. J'écris pour faire revivre les femmes qui m'ont engendrée. Je n'ai pas eu deux mères, j'en ai eu des centaines. Je ne me lasserai pas de faire l'inventaire de ce qu'elles m'ont donné. Béni soit notre Seigneur et le seigneur de tous les mondes de m'avoir faite femme. J'écris parce qu'on ne m'a pas encore coupé la langue. J'écris parce que je n'ai pas encore peur.

Perth, janvier 2005
Labastide d'Armagnac, mars 2007

DU MÊME AUTEUR

aux éditions Phébus

Ce que racontait Jones, 2003
roman

aux éditions Le Temps qu'il fait

L'Ami intime, 1994
roman

Les Jours heureux, 1995
roman

Éloge de l'oubli, 1996
récit

Lucy comme les chiens, 2001
roman

PARUTIONS RÉCENTES AUX ÉDITIONS PHÉBUS

(extrait du catalogue)

LITTÉRATURE FRANÇAISE

CONSTANCE DE SALM
Vingt-quatre heures d'une femme sensible, roman
Postface de Claude Schopp

JEANNE CORDELIER
La Dérobade, récit

GUILLAUME LEBEAU
Pentagone, roman policier

TERESKA TORRÈS
Une Française libre, 1939-1945, journal
en collection « Libretto »

KIM LEFÈVRE
(France – Vietnam)
Moi, Marina la Malinche, roman
Préface de Gérard Chaliand
en collection « Libretto »

BERNARD OLLIVIER

L'Allumette et la bombe :
Jeunes : l'horreur carcérale, document

CHRISTOPHE MERCIER

Garde à vue, récit

JEAN CHARDIN

Voyages en Perse

ÉMILE GUIMET

Huit jours aux Indes

ZILA RENNERT

Trois wagons à bestiaux
D'une guerre à l'autre à travers
l'Europe centrale, 1914-1946

LITTÉRATURE ÉTRANGÈRE

HUGO HAMILTON
(Irlande)

Le Marin de Dublin, roman

JINCY WILLETT
(États-Unis)

Gloire, honneur et mauvais temps, roman

WALTER SCOTT
(Écosse)

Le Talisman, roman

CARLOS VICTORIA
(Cuba)
Un pont dans la nuit, roman

D.H. LAWRENCE
(Angleterre)
L'Étalon, roman
en collection « Libretto »

KAREL SCHOEMAN
(Afrique du Sud)
En étrange pays, roman

« MISSIE » VASSILTCHIKOV
(Russie)
Journal d'une jeune fille russe à Berlin, 1940-1945
en collection « Libretto »

COURTNEY ELDRIDGE
(États-Unis)
Des filles de la côte Est, nouvelles

EDUARDO GALLARZA
(Espagne)
La Vérité comme un songe, roman
Le Soviet des Fainéants, roman
en collection « Libretto »

LYDIA DAVIS
(États-Unis)
C'est fini, roman

CLARENCE DAY
(États-Unis)
Nous les singes

NANCY REISMAN
(États-Unis)
Désirs humains, roman

MARC BUHL
(Allemagne)
Courir le monde, roman

NEIL BISSOONDATH
(Canada)
La Clameur des ténèbres, roman

BENJAMIN MARKOVITS
(États-Unis)
De l'autre côté de l'hiver, roman

HITONARI TSUJI
(Japon)
La Promesse du lendemain, nouvelles

KEITH RIDGWAY
(Irlande)
Animals, roman

RUTH PRAWER JHABVALA
(Angleterre)
Chaleur et poussière, roman
en collection « Libretto »

ALEXANDER KENT
(Angleterre)
Par le fond, roman

HERMAN MELVILLE
(États-Unis)
Moby Dick, roman
en collection « Libretto »

ELIZABETH BOWEN
(Royaume-Uni)
Les Petites Filles, roman
en collection « Libretto »

VICKI BAUM
(Autriche)
Grand Hôtel, roman
en collection « Libretto »

NINA REVOYR
(États-Unis)
Southland, roman policier

ELIZABETH GOUDGE
(Angleterre)
Le Pays du Dauphin Vert, roman
en collection « Libretto »

JACK LONDON
(États-Unis)
Une fille des neiges, roman
Préface de Noël Mauberret
en collection « Libretto »

Histoire des Îles, nouvelles
Préface de Claude Pujade-Renaud
en collection « Libretto »

À PARAÎTRE

août 2007

INGRID THOBOIS
(France)
Le Roi d'Afghanistan ne nous a pas mariés, roman

PIERRE D'OVIDIO
(France)
Les Enfants de Van Gogh, roman

JOSEPH O'CONNOR
(Irlande)
Redemption Falls, roman

ELIF SHAFAK
(Turquie)
La Bâtarde d'Istanbul, roman

septembre 2007

ABD EL-KADER
(Algérie)
Lettre aux Français
Introduction de René R. Khawam
en collection « Libretto »

ALEXANDRE DUMAS
(France)
La Guerre des femmes
Préface de Claude Schopp
en collection « Libretto »

REBECCA HARDING
(États-Unis)
De ses mains, récit

octobre 2007

LEON ROOKE
(Canada)
Le Mieux est l'ennemi du chien, nouvelles

W. WILKIE COLLINS
(Angleterre)
Passion et repentir, roman

T. E. LAWRENCE
(Angleterre)
Les Sept Piliers de la sagesse, récit
(version intégrale)

PRINCESSE CATHERINE SAYN-WITTGENSTEIN
(Russie)
La Fin de ma Russie
(en collection « Libretto »)

CLAUDE ANET
(France)
La Révolution

Cet ouvrage
réalisé pour le compte des Éditions Phébus
a été reproduit et achevé d'imprimer
en août 2007
dans les ateliers de Normandie Roto Impression s.a.s.
61250 Lonrai
N° d'imprimeur : 07-2249

Imprimé en France

Dépôt légal : août 2007
I.S.B.N. : 978-2-75-290288-7
I.S.S.N. : 0992-5112